Biblioteca

DANIELLE STEEL

Biblioteca

DANIELLE STEEL

EL CLON

PLANETA DeAGOSTINI

Colección: Biblioteca Danielle Steel
Director editorial: Virgilio Ortega
Coordinación: Pilar Mora
Realización: Macarena de Eguilior
Diseño cubierta: Hans Romberg
Realización gráfica: Noemí Reyes

Título original: *The Klone and I*
Traducción: Isabel Ferrer

ISBN: 84-395-8897-6
Depósito legal: B. 872-2001

Imprime: Cayfosa-Quebecor, S.A.
Santa Perpètua de Mogoda (Barcelona)
Distribuye: Logista
Aragonés, 18 - Polígono Industrial Alcobendas
28108 Alcobendas (Madrid)
Printed in Spain - Impreso en España

A Tom Perkins
y sus muchos rostros,
el doctor Jekyll, Mister Hyde
e Isaac Klone,
que de todos, es el que regala las mejores joyas...
pero, sobre todo, a Tom,
por regalarme el clon
y unos momentos tan buenos.
Con todo mi amor,

d.s.

1

Mi primer y hasta entonces único matrimonio acabó justo dos días antes del día de Acción de Gracias. Lo recuerdo perfectamente. Yo estaba en el suelo de nuestro dormitorio, debajo de la cama, buscando un zapato con mi camisón de franela favorito subido hasta el cuello, cuando de pronto entró mi marido. Lucía un pantalón gris y una americana. Como siempre, su aspecto era impecable. Le oí decir algo vagamente inteligible cuando encontré unas gafas que había perdido hacía dos años, una pulsera de plástico fluorescente que nunca supe que había desaparecido y una zapatilla roja que debió de pertenecer a mi hijo Sam cuando era bebé. El día en que encontré la zapatilla perdida, Sam tenía seis años. Al parecer, ninguna de las mujeres de la limpieza que habían desfilado por mi casa había mirado debajo de la cama.

Cuando salí, Roger me miró y yo me apresuré a arreglarme el camisón. Él se mostraba exageradamente formal mientras yo le miraba con el pelo despeinado después de salir de debajo de la cama.

—¿Qué has dicho? —pregunté con una sonrisa, sin saber que un resto de arándano del bollo que había comido una hora antes se había alojado delicadamente en uno de mis dientes. No me di cuenta hasta al cabo de un rato, cuando tenía la nariz roja de tanto llorar y me miré casualmente en el espejo. Pero en aquel momento todavía sonreía y no tenía la menor idea de lo que se me avecinaba.

—Te he pedido que te sentaras —dijo Roger, observándome con cierta extrañeza. Simpre me ha costado sostener una conversación inteligente con un hombre que parece ir vestido para ir a Wall Street mientras yo llevo camisón. Aunque tenía el pelo limpio, no había podido peinarme desde la noche anterior, y lo cierto es que no me pintaba las uñas desde que iba a la universidad. Creía que así parecía más inteligente y, además, era demasiado complicado. Al fin y al cabo, estaba casada. En aquella época todavía pensaba que las mujeres casadas no tenían que esforzarse tanto. Sin embargo, como poco después descubrí, estaba equivocada.

Nos sentamos uno frente al otro en dos butacas forradas de satén al pie de la cama, mientras pensaba por enésima vez que era una tontería tenerlas allí. Parecía que teníamos que sentarnos en ellas para discutir si nos metíamos en la cama o no. Pero a Roger le gustaban porque le recordaban a su madre. Yo nunca había intentado buscar un significado más profundo en semejante afirmación, y quizá eso fuera parte del problema, ya que Roger hablaba mucho de su madre.

Mientras me abrochaba el camisón y lamentaba no llevar puestos mis habituales vaqueros y la camiseta, pensé que Roger parecía tener algo importante que decirme. Estar atractiva no figuraba entre mis prioridades, ya que me preocupaba mucho más la responsabilidad, cuidar de mis hijos y ser una buena esposa. En cuanto al sexo... bueno, era algo que hacíamos de vez en cuando como si se tratara de un juego. Y lo cierto es que últimamente no habíamos jugado muy a menudo.

—¿Cómo estás? —preguntó, y yo volví a sonreír, un poco nerviosa.

—¿Que cómo estoy? Bien, creo. ¿Por qué? ¿Es que me ves mal? —Creí que quizá se refería a que tenía mala cara o algo así, pero, tal y como sucedieron las cosas, eso vino después.

Esperaba que me dijera que le habían subido el sueldo, le habían echado del trabajo o tal vez que me llevaría a Europa, como hacía a veces cuando tenía tiempo. Le gustaba sorprenderme con un viaje, era su manera de decirme que le habían despedido. Pero ahora no tenía esa típica mirada avergonzada. No, esta vez no se trataba del trabajo, ni de unas vacaciones, era otra clase de sorpresa.

La suave tela del camisón hacía que me deslizara en la butaca de satén, lo cual me resultaba molesto. Como nunca me sentaba allí, había olvidado que siempre me ocurría lo mismo. Mi viejo camisón tenía varios rotos, por supuesto nada atrevido y, como por la noche siempre tengo frío, llevaba una camiseta debajo. Me había acostumbrado a aquella imagen durante los trece años de matrimonio. El trece de la suerte... o al menos así lo había sido hasta ese día. Mientras lo miraba, Roger me resultaba tan familiar como mi camisón. Me sentía como si llevara toda la vida casada con él, en realidad así era, y por supuesto creía que siempre lo estaría. Nos conocimos de niños, crecimos juntos y él había sido mi mejor amigo durante años, el único ser humano en que había confiado. Sabía que, pese a sus defectos (y tenía unos cuantos), nunca me haría daño. De vez en cuando le daba por ponerse gruñón, como a todos los hombres, y le costaba conservar un empleo, pero jamás me había hecho realmente daño y tampoco se había portado mal.

Roger nunca tuvo mucho éxito profesional. Poco después de casarnos se dedicó a la publicidad, después tuvo una serie de empleos en el mundo del márketing e invirtió en unos cuantos negocios poco brillantes. Sin embargo, en el fondo nunca me importó. Era una buena persona y se portaba bien conmigo. Me gustaba estar casada con él. Además, gracias a mi abuelo, que me había dejado un fondo fiduciario antes de morir, el dinero nos alcanzaba no sólo para ir tirando, sino también para vivir bastante cómodamente. La herencia de mi abuelo cubría mis necesidades, las de Roger y los niños, y me permitía ser comprensiva con los errores financieros de mi marido. Hacía años que había aceptado que, cuando se trataba de ganar dinero o conservar un empleo, Roger no tenía lo que había que tener. Sin embargo, era muy bueno con los niños, a los dos nos gustaban los mismos programas de televisión y veranear en el mismo sitio, teníamos un apartamento en Nueva York que nos encantaba, él me dejaba elegir la película que íbamos a ver una vez a la semana y, por si fuera poco, me encantaban sus piernas. Perdí la virginidad con él en los tiempos de la universidad, y estaba segura de que, comparado con Roger, Casanova no era nada en la cama. Compartíamos gustos musicales y cuando bailábamos, él me cantaba al oído. Bailaba bien, era un padre fantástico y mi mejor amigo. Así pues, ¿qué importaba si era incapaz de conservar un empleo? Mi abuelo había resuelto ese problema. Nunca me planteé que yo podía o debía tener algo más. Con Roger me bastaba.

—¿Qué pasa? —pregunté cruzando las piernas. Hacía semanas que no me depilaba pero, al fin y al cabo, estábamos en el mes de noviembre y sabía que a Roger no le importaba. No pensaba ir a la playa, sólo estaba hablando con mi marido, sentada a los pies de la cama, en esas ridículas butacas de satén y esperando la sorpresa que me tenía preparada.

—Quiero decirte una cosa —susurró mirándome con cautela, como si temiera mi reacción. Creo que no tenía motivos, ya que siempre he adoptado una actitud serena y comprensiva, y nunca le había pedido demasiado. Nos llevábamos mejor que la mayoría de nuestros amigos, o eso pensaba, y me alegraba de ello. Siempre creí que lo nuestro iba para largo y lo cierto es que no me habría importado pasarme cincuenta años con Roger.

—¿Qué quieres decirme? —pregunté con cariño. Si se trataba de un nuevo despido, desde luego no era una novedad para ninguno de los dos. Ya habíamos pasado por eso, aunque últimamente le había dado por ponerse a la defensiva, y yo había advertido que los trabajos le duraban cada vez menos. Decía que el jefe le tenía manía, que nadie valoraba su talento y que «no tenía sentido seguir aguantando tanta mierda». Pensé que se avecinaba uno de esos momentos, porque en los últimos seis meses su humor había empeorado. Se preguntaba por qué tenía que trabajar y decía que quería pasar un año en Europa conmigo y los niños o intentar escribir un guión o un libro. Hasta entonces nunca había hablado de esas cosas, y supuse que atravesaba una especie de crisis de la mediana edad y que contemplaba la posibilidad de cambiar el yugo cotidiano de una oficina por el arte. De ser así, el fondo de mi abuelo también tendría que financiarlo. En cualquier caso, nunca lo humillé hablándole de sus frecuentes fracasos ni sus innumerables empleos, ni de que mi difunto abuelo mantenía la familia desde hacía años. Quería ser una esposa perfecta, y si él no era un mago de Wall Street, lo cierto es que nunca me había prometido que lo sería y yo seguía pensando que era un buen hombre.

—¿De qué quieres hablar, cariño? —pregunté tendiéndole la mano. De inmediato él apartó la suya para que no le tocara. Se comportaba como si estuvieran a punto de encarcelarlo por acoso sexual, o como si le hubiera descubierto en uno de sus clubes y no se atreviera a contármelo. Finalmente hizo su gran anuncio.

—Creo que no te amo. —Me miró fijamente a los ojos, como si buscara en ellos a otra persona y hablara con ella en lugar de conmigo.

—¿Qué? —pregunté.

—He dicho que no te amo. —Parecía hablar en serio.

—No, no has dicho eso. —Le devolví la mirada entrecerrando los ojos. No sé por qué, me fijé en que llevaba la corbata que le había regalado la última Navidad. ¿Por qué demonios se la había puesto para decirme que no me quería?—. Has dicho que crees que no me amas. Es distinto.

Siempre discutíamos por tonterías como quién se había acabado la leche o se había olvidado de apagar las luces. Nunca discutíamos por lo importante, como la educación de los niños o a qué escuela irían. En realidad no había motivo para discutir por esas cosas, pues yo me encargaba de ellas. Roger siempre estaba demasiado ocupado jugando al tenis o al golf, yendo a pescar con sus amigos o pasando por el peor resfriado de la historia como para hablar conmigo de los niños. Daba por sentado que era yo la que tenía que tomar las decisiones. Puede que fuera un buen bailarín y a veces resultara muy simpático, pero la responsabilidad no era una de sus virtudes. Roger cuidaba de sí mismo más de lo que me cuidaba a mí, pero en aquellos trece años me las había arreglado para no darme cuenta. En su día yo sólo quería casarme y tener hijos. Roger había hecho mi sueño realidad y, desde luego, teníamos unos hijos maravillosos. No obstante, hasta ese momento no había sabido ver lo poco que hacía por mí.

—¿Qué ha pasado? —pregunté, sintiendo que una oleada de pánico se apoderaba de mí. Mi marido «creía» que no me quería. ¿Cómo encajaba eso en el orden del universo?

—No lo sé —contestó Roger, molesto—. Simplemente miré alrededor y me di cuenta de que no pertenezco aquí. —Aquello era mucho peor que un despido, y era evidente que hablaba en serio.

—¿Que no perteneces aquí? Pero ¿qué dices? —pregunté, hundiéndome todavía más en la butaca de satén y de pronto sintiéndome horrible con mi camisón. Pensé que en los últimos diez años debería haber encontrado un momento para comprarme camisones nuevos—. Vives aquí, nos queremos. Tenemos dos hijos, por el amor de Dios, Roger... ¿es que estás borracho? ¿Te has drogado? Quizá deberías tomar algo, como Prozac o Zoloft. Cualquier cosa. ¿Te sientes bien?

No es que dudara de lo que acababa de decir, pero no lo entendía. Era la mayor locura que me planteaba, mucho más que decir que iba a escribir un guión o un libro, ya que en todo aquel tiempo nunca le había visto escribir ni una sola carta.

—Estoy bien —respondió, y me miró como si me hubiera

convertido en una extraña para él. Tendí el brazo para tocarle la mano, pero no me dejó.

—Steph, lo digo en serio.

—No puede ser —repliqué, mientras las lágrimas asomaban a mis ojos y me echaba a llorar. Instintivamente me llevé el dobladillo del camisón a la cara y, tras enjugar las lágrimas, vi que había manchado el camisón con el rímel que me había puesto el día anterior. Desde luego, estaba muy guapa... y muy convincente—. Pero si nos queremos, esto es una locura... —Quería gritarle «No puedes hacerme esto, eres mi mejor amigo», pero en un abrir y cerrar de ojos había dejado de serlo para convertirse en un extraño.

—No, no es una locura —repuso con la mirada vacía, y en ese momento supe que en realidad ya se había marchado. Me sentí como si me hubiera atravesado el corazón.

—¿Cuándo lo has decidido?

—El verano pasado —contestó con calma—. El cuatro de julio —añadió con mayor precisión. ¿Qué había hecho yo mal el 4 de julio? No me acostaba con ninguno de sus amigos, no había perdido a ninguno de los niños. Mi fondo no se había agotado y debía alcanzarnos para toda la vida. ¿Dónde diantres estaba el problema? Y sin el fondo del abuelo y mi comprensión por su inestabilidad laboral, ¿de qué demonios creía que iba a vivir?

—¿Por qué el cuatro de julio?

—Cuando ese día te vi, supe que se había acabado —contestó con frialdad.

—¿Por qué? ¿Hay alguien más?

—Claro que no —respondió Roger, aparentemente ofendido.

Claro que no... El hombre con el que he estado casada desde hace trece años me dice que ya no me ama y se supone que ni siquiera puedo sospechar que tengo una rival de pechos enormes que se acuerda de depilarse más a menudo que con cada cambio de estación. Bueno, tampoco es que sea monstruosa, aunque ahora, al recordar esos dolorosos tiempos, debo reconocer que me había vuelto algo descuidada. No es que la gente volviera la cabeza cuando yo pasaba por la calle, y en las fiestas los hombres todavía me consideraban atractiva, pero quizá con Roger... me había vuelto un poco menos cuidadosa. Tampoco estaba gorda, sólo que no me arreglaba mucho cuando estaba en casa y en la cama me vestía de un modo un poco raro.

—¿Vas a dejarme? —pregunté desesperada.

No podía creer que me ocurriera algo así. Toda mi vida de casada había desdeñado a las mujeres que habían perdido a sus maridos, es decir, a las mujeres abandonadas. Eso jamás me sucedería, estaba segura de ello. Pero en ese momento, mientras me hundía cada vez más en la butaca de mi dormitorio ante la mirada extraña de Roger, que me observaba como un extraño, estaba a punto de descubrir que no era así, ya que, de hecho, estaba ocurriéndome.

—Creo que sí —respondió al fin.

—Pero, ¿por qué?

Me eché a llorar, pensando que mi marido quería matarme. Nunca había estado tan asustada. Mi estado civil y el hombre que había sido mi identidad, mi seguridad, mi vida, estaban a punto de desaparecer. ¿Y después en qué me convertiría? No sería nadie.

—Tengo que irme. Lo necesito. Aquí no puedo respirar. —Nunca me había dado cuenta de que tenía problemas para respirar. En mi opinión, respiraba perfectamente. De hecho, roncaba como un poseso, lo cual me gustaba, ya que me recordaba al ronroneo de un gato. Aunque no era yo la que se marchaba, sino él—. Los chicos me vuelven loco —añadió—. Siento demasiada presión, demasiada responsabilidad... y todo ese ruido... Además, cada vez que te miro, veo a una extraña.

—¿Yo? —pregunté atónita. ¿Qué extraña se pasearía por su casa despeinada, con las piernas sin depilar y un camisón de franela roto? Las extrañas llevan minifaldas, tacones de aguja y jerséis ciñendo enormes implantes de silicona. Al parecer, nadie se lo había dicho—. No podemos ser extraños si nos conocemos desde hace diecinueve años, Roger, eres mi mejor amigo —mentí—. ¿Cuándo te marcharás? —conseguí preguntar mientras seguía manchándome el camisón con el rímel. No era una imagen muy agradable, sino más bien patética y repulsiva. Debía de estar espantosa y, para empeorar las cosas, empezó a gotearme la nariz.

—Después de las vacaciones —anunció con tono presuntuoso. Todo un detalle por su parte, supongo, lo cual también significaba que tenía alrededor de un mes para hacerme a la idea o para convencerlo de que no se marchara. Tal vez todo se arreglaría con unas vacaciones en México, en Hawaii, en Tahití o en las Galápagos, un lugar cálido y sexy. Seguro que en ese momento no le costaba imaginarme en una playa con un camisón de franela y una camiseta—. Me trasladaré a la habitación de invitados.

Mi peor pesadilla se había hecho realidad: mi marido me dejaba y acababa de decirme que ya no me quería. Me las arreglé para echar los brazos alrededor de su cuello y mancharle la camisa inmaculada con el poco rímel que me quedaba. Mis lágrimas corrieron por su americana y le llené la corbata de mocos mientras él me sostenía con cautela, como si fuera el cajero de un banco que no quiere acercarse a un atracador que lleva explosivos pegados al cuerpo con cinta adhesiva. Era evidente que no deseaba estar cerca de mí.

En retrospectiva, no sé si culparle. Ahora me doy cuenta del escaso contacto que teníamos desde hacía tiempo. En aquella época hacíamos el amor una vez cada dos o tres meses, a veces incluso cada seis meses, y siempre después de quejarme y de obligarle a hacerlo. Es curioso cómo en ocasiones pasamos por alto esas cosas o las justificamos. Yo creía que estaba estresado, ya fuera por el trabajo o por la falta del mismo, dependiendo de cuál era su situación en ese momento; o quizá porque uno de los niños estaba durmiendo en nuestra cama, o el perro, o lo que fuera, cualquier cosa... Pero supongo que ése no era el problema. Quizá simplemente yo le aburría. Sin embargo, cuando esa mañana le miré, lo último que pensé fue en el sexo. Mi vida estaba en la cuerda floja, y yo me tambaleaba de un modo preocupante.

Al final consiguió librarse de mi abrazo y me fui al cuarto de baño. Sin dejar de llorar, hundí el rostro en una toalla y después me miré en el espejo. En ese momento reparé en mi lamentable aspecto y en los restos de arándano adheridos a mis dientes. Estaba desconsolada. No tenía idea de qué podía hacer para recuperarlo, o lo que es peor, ni siquiera sabía si lo lograría. Mirando hacia atrás, me pregunto si llegué a contar con el fondo fiduciario para retenerlo. Quizá supuse que su ineptitud natural lo obligaría a depender de mí, pero evidentemente ni siquiera eso funcionó. Cometí el error de pensar que si no lo obligaba a asumir responsabilidades y si me mostraba comprensiva con todo, me querría más. Estaba equivocada. Por el contrario, sospechaba que había acabado odiándome.

Me pasé todo el día llorando y esa noche Roger se fue a dormir a la habitación de invitados. Les dijo a los niños que tenía trabajo y pasamos torpemente por el día de Acción de Gracias como un camión con las ruedas pinchadas. Vinieron mis padres y los de Roger, así como su hermana Angela con los hijos. Su marido la había dejado el año anterior por su secretaria. De pronto me vi en su lugar en un futuro no muy lejano y, por simple vergüenza, no le conté a nadie lo ocurrido. Sólo la hermana de Roger comentó que yo tenía mal aspecto, como si estuviera a punto de enfermar. Sí, claro, de lo mismo que ella cuando Norman la abandonó: seis meses de profunda depresión. Lo único que parecía salvar a mi cuñada era la aventura que estaba teniendo con su terapeuta.

Fue una Navidad horrible. Colgamos diligentemente los calcetines de la chimenea y en cuanto nadie me veía, me echaba a llorar. Lo peor de todo era que seguía sin creerlo y, salvo comprarme camisones nuevos, hice todo lo posible para convencer a Roger de que no se marchara. Como necesitaba mis antiguos recursos más que nunca, me ponía mis viejos camisones junto con los calcetines disparejos de Roger. Pero para entonces éste había empezado una terapia que le había ayudado a convencerse de que lo mejor para él era dejarme. Esta vez ni siquiera tenía problemas en el trabajo y tampoco hablaba de escribir una novela.

El día de Año Nuevo se lo dijimos a los niños. Sam tenía seis años; Charlotte, once. Lloraron tanto que creía que me moriría de pena. Una mujer que conozco me contó que ése fue el peor día de su vida y la creí. Después de vomitar, me fui a dormir. Roger llamó a su terapeuta y salió a cenar con un amigo. Empezaba a odiarlo. Se le veía tan sano, mientras que yo me sentía morir por dentro. Me había matado, a mí y a todo en lo que creía. Pero lo peor era que en lugar de odiarle a él, me odiaba a mí misma.

Dos semanas después, se marchó. Trataré de evitar los detalles más aburridos y sólo mencionaré los más interesantes. Según él, la plata, la porcelana, los muebles buenos, el equipo de música, el ordenador y el material deportivo le pertenecían, puesto que había firmado los talones para pagarlos, a pesar de que el talonario procedía de mi fondo fiduciario. La ropa, los muebles que siempre odiamos y todo lo que había en la cocina, estuviera roto o no, era mío. Se había puesto en contacto con un abogado, pero hasta que se marchó no me enteré de que me había interpuesto una demanda para que le pasara una pensión alimenticia y otra por el mantenimiento de los niños, en que incluía los gastos que tendría cuando estuvieran con él, desde la pasta de dientes hasta el alquiler de los vídeos. Por cierto, tenía una novia. El día que lo descubrí me di cuenta de que realmente habíamos terminado.

La primera vez que la vi fue el día de San Valentín, cuando tuve que llevarle a los niños y ella estaba con él. Era perfecta. Guapa, rubia y sensual, llevaba una falda tan corta que se le veían las bragas. Aparentaba unos catorce años de edad y yo esperaba que tuviera un coeficiente intelectual de siete años. Roger llevaba una chaqueta de esquí, vaqueros (que antes se negaba a ponerse) y lucía una sonrisa tan obscena que quise pegarle. Ella era toda una belleza. Sentí náuseas.

Después ya no pude seguir engañándome. Entendí por qué me había dejado. No se trataba de que necesitara demostrarse algo a sí mismo, como me había dicho más de una vez, o de que ya no quisiera depender de mí (¿a quién pretendía engañar?, ¿quién iba a mantenerlo si yo no lo hacía?), lo cual incluso habría sido admirable si yo no hubiese visto a esa chica y adivinado la verdad. Era hermosa, mientras que yo (aunque todavía era guapa) estaba hecha una adefesio. De pronto lo entendí todo: los peinados que nunca lucía, el maquillaje que nunca me ponía, los tacones que ya no me preocupaban, la ropa cómoda que llevaba en casa (sudaderas viejas y deslucidas, pantalones cortos de Roger y alpargatas), las piernas sin depilar (por suerte todavía me depilaba las axilas, porque de lo contrario seguro que Roger me habría dejado mucho antes), las cosas que ya no hacíamos... todo ello tenía la culpa de lo ocurrido. Pero junto con los claros mensajes sobre mí, también descubrí algo sobre él: cuidar de un hombre como yo lo hacía no tiene nada de sexy. Un hombre que es demasiado vago para cuidar de sí mismo o de su esposa tarde o temprano deja de ser excitante para ella. Puede que yo amara a Roger, pero hacía años que no le deseaba. ¿Cómo iba a hacerlo? Siempre estaba cubriéndole las espaldas, intentando que se sintiera bien pese a todo lo que no hacía y lo que no era. Y yo, ¿qué? Empezaba a pensar que, al fin y al cabo, tal vez el abuelo no me había hecho ningún favor, aunque por supuesto tampoco tenía la culpa. En cualquier caso, me había convertido en una especie de vaca productora de dinero para Roger, una extensión de su propia madre, que se había ocupado de él antes de que yo apareciera en su vida. Ya ni siquiera me acordaba de lo que él había hecho por mí. Sacar la basura, apagar las luces por la noche, llevar a los niños a jugar a tenis cuando yo estaba ocupada... ¿y algo más? No se me ocurría nada.

Ese día tiré mis camisones de franela. Todos. Bueno, menos uno. Lo guardé por si me ponía enferma o alguien se moría, pues sabía que lo necesitaría para consolarme. Los otros acabaron en la basura. Al día siguiente fui a la peluquería, me corté el pelo y me hice la manicura. Era el principio de un doloroso y lento proceso, que incluyó que empezara a depilarme con regularidad, tanto en invierno como en verano, correr en Central Park dos veces a la semana, leer el periódico a fondo (no sólo los titulares), maquillarme hasta para ir a buscar a los niños a la escuela, mirarme los dobladillos de las faldas, comprarme ropa interior y aceptar todas las invitaciones, por pocas que fueran.

Iba a todas partes y siempre volvía a casa profundamente deprimida. No tenía ningún equivalente a la amiga de Roger, a la que Sam y Charlie llamaban señorita Barbie y cuyo rostro, cabello, piernas y aspecto en general, me perseguían como una obsesión. El problema consistía en que quería parecerme a ella sin dejar de ser yo misma.

Tardé unos siete meses en completar el proceso, y para entonces ya estábamos en pleno verano. Yo estaba pagando la pensión alimenticia y el mantenimiento de los niños, había sustituido la plata y la porcelana y comprado algunos muebles, y por las mañanas ya no me despertaba pensando en cómo podía recuperar a Roger o matarlo. Había ido a ver a mi antiguo terapeuta, el doctor Steinfeld, y al parecer estaba «superando» las cosas. Había llegado a entender más o menos por qué Roger se había marchado, aunque lo detestaba por su falta de generosidad. Si yo había soportado su poca visión para los negocios, ¿por qué él no pudo ser más tolerante con mi aspecto? Me había deteriorado como un velero al que ya nadie quería. Pero aunque tenía lapas en el fondo, las velas raídas y la pintura desconchada, seguía siendo un buen barco, y él debería haberme amado lo suficiente para darse cuenta. Sin embargo, no fue así, y lo cierto es que quizá nunca me amara. Salvo por los dos maravillosos hijos que me dio, fueron trece años desperdiciados, perdidos. Como Roger, que desapareció por completo de mi vida, excepto cuando llamaba para discutir sobre un cambio de planes y tenía que quedarme con los niños porque él quería estar con la señorita Barbie. No obstante, lo peor fue que, además de tener unas piernas fantásticas, resultó que la señorita Barbie también contaba con un fondo fiduciario, que encima era mayor que el mío. Al parecer, le encantaba la idea de que él no trabajara y creía que debía escribir un guión en lugar de desperdiciar su «talento», según me contaron los niños en el trabajo. Además, ambos sabíamos que él podía vivir perfectamente de la pensión alimenticia que yo le pagaba, al menos durante cinco años, que era lo que le había asignado el juez. Cinco años de una buena pensión y después volvería a estar solo. ¿Y entonces qué? ¿Se casaría con ella? ¿O por fin intentaría mantenerse él solo? Tal vez no le importaba. Para él había dejado de ser una cuestión de orgullo, lo que sin duda me obligaba a contemplar nuestro pasado con cierta dosis de cinismo.

Decidimos vivir juntos cuando yo acabé la universidad. En aquella época yo trabajaba de redactora en una revista y, aunque ganaba una miseria, era un trabajo que me encantaba. Roger ganaba tan poco como yo trabajando de ejecutivo de cuentas en una agencia de publicidad. Aunque sabíamos que algún día nos casaríamos, Roger insistía en que no quería hacerlo hasta que pudiera mantenerme a mí y a los hijos que tuviéramos. Pasaron seis años y Roger cambió de trabajo cuatro veces, mientras que yo seguía con el mismo. Cuando cumplí veintiocho años, mi abuelo murió y me dejó el fondo fiduciario. Después todo vino rodado, aunque debo admitir que lo de casarse fue idea mía. Ya no era necesario esperar. No importaba cuánto ganáramos, a pesar de que Roger insistía en que no quería vivir de mí. Le aseguré que no lo mantendría, pues podíamos seguir viviendo de nuestros trabajos y recurrir al fondo cuando tuviéramos hijos. Lo convencí, o al menos eso creí. Seis meses después nos casamos, me quedé embarazada y dejé de trabajar. De pronto las agencias de publicidad entraron en crisis y, según Roger, empezaron a despedir a todo el mundo. Para cuando nació el bebé, me alegré de disponer del dinero del abuelo. Roger no tuvo la culpa de pasarse casi un año sin trabajar. Planteó la posibilidad de conducir un taxi, pero me pareció una tontería teniendo el dinero del abuelo. Por aquel entonces mi madre me advirtió que Roger no parecía ser un buen sostén de la familia, pero no le hice caso y defendí lealmente a mi marido.

Poco después nos compramos un piso en el East Side y Roger por fin encontró un empleo. La verdad es que me encantaba mi vida de casada y quedarme en casa con el bebé. Me gustaba ir al parque con él y pasar la tarde hablando con las demás madres. Además, me gustaba la seguridad que nos daba el dinero del abuelo, ya que permitía a Roger trabajar en lo que le gustaba en lugar de hacer cosas que odiaba. Tenía la sensación de que éramos libres, como él ahora. Se había librado de mí, de los niños —casi siempre—, y de las responsabilidades, lo cual era habitual en él. Tenía todo lo que quería, incluida a la señorita Barbie que le decía lo fantástico que era y se lamentaba de lo mucho que lo habían hecho sufrir. Roger sólo tenía que mirarla para acordarse de lo aburrida que yo había sido. ¿Y por qué demonios le había salido todo tan bien? Al parecer volvía a empezar desde el principio: una vida nueva, una chica bonita a su lado, con su fondo fiduciario en lugar del mío. Me pregunté hasta qué punto para él era lo mismo y no pude evitar dudar de si alguna vez me amó. Quizá no fui más que un golpe de suerte que se cruzó en su camino en el momento adecuado, haciéndole la vida más fácil. Así pues, era imposible saber lo que realmente sentía al principio.

Mientras no paraba de dar vueltas a esas preguntas, empecé a recuperarme de mis heridas, lo que me preparó para tener citas con otros hombres. Iniciaba un nuevo capítulo de mi vida, una nueva era, y me dije que ya estaba lista.

En septiembre nos concedieron el divorcio y Roger se casó con la señorita Barbie en noviembre, casi un año después del día en que me comunicó que no me quería. Traté de convencerme de que me había hecho un favor, aunque en realidad no acababa de creerlo del todo. Añoraba mis antiguas ilusiones, la comodidad de tener un marido, un cuerpo cálido en la cama para acurrucarme, una persona con la que hablar, alguien que vigilara a los niños cuando yo tuviera fiebre. Es extraño la de cosas que uno añora cuando deja de tenerlas, pero no me quedaba más remedio que aguantarme. Helena, así se llamaba, se había convertido en la señora Barbie y ahora ella tenía todas esas cosas que yo echaba de menos. Para entonces me había vuelto mucho más sincera conmigo misma y sabía perfectamente a qué cosas había cerrado los ojos, ya que prefería no verlas. De acuerdo, Roger bailaba y cantaba muy bien, pero ¿y qué? ¿Quién iba a cuidarla cuando tuvieran problemas? ¿Qué ocurriría cuando ella se diera cuenta de que Roger no sólo era incapaz de escribir un guión, sino también de conservar un empleo? ¿Le importaría? Tal vez no. Pero al margen de eso, y por muy inepto que fuera, había sido mi marido, y ahora era el de ella. En ese momento yo tenía una gran sensación de pérdida.

Había cumplido cuarenta y un años, por fin había aprendido a peinarme, mi terapeuta insistía en que era atractiva, inteligente y guapa, y tenía dos niños a los que adoraba y catorce camisones de satén increíblemente caros. Estaba preparada, aunque aún no sabía para qué. Todavía no había nadie a la vista, salvo los maridos de mis amigas a los que por supuesto nunca se me habría ocurrido tocar, pues de hecho eran incluso más aburridos que Roger, a pesar de que muchos intentaban convencerme de lo contrario. Pero si el príncipe azul aparecía y decidía entrar en mi vida, yo estaría preparada. Tenía las piernas depiladas, las uñas arregladas y había adelgazado cinco kilos. Por si fuera poco, los niños aseguraban que con mi nuevo peinado me parecía a Claudia Schiffer. Para que luego digan de la lealtad... Al llegar la Navidad, trece meses después del fatídico día en que Roger se sentó en la butaca de satén y me lo soltó todo, ya había dejado de llorar y los restos de arándano se habían convertido en un recuerdo borroso; de hecho, también Roger. A efectos prácticos, me había recuperado. Y entonces empezaron las citas, y también una vida nueva para la que, contrariamente a lo que creía, no estaba en absoluto preparada.

2

Hoy en día tener citas con hombres es un fenómeno muy interesante. Si se compara con el pasado, por ejemplo con la Edad Media, es como competir en una justa; o si retrocedemos un poco más en la historia, como ser un cristiano en el coliseo. Aunque das un buen espectáculo, sabes que tarde o temprano el león te devorará.

Y hay muchos, me refiero a los leones, claro. Algunos son simples gatitos, otros fingen serlo. Algunos tienen muy buen aspecto, pero realizar una audición en el coliseo requiere un gran esfuerzo, y al final una siempre acaba en el mismo lugar, es decir, con un león mirándote a la cara y pensando en cuándo va a comerte. Francamente, tras seis meses de citas, llegué a sentirme como un pastel de fresas.

Era como ensayar para un espectáculo de Broadway y tenía la sensación de que nunca lo hacía bien, por mucho que practicara delante del espejo. Un día conocí a una mujer de setenta y dos años que me habló de su nuevo novio y me pregunté de dónde sacaba la energía. Yo tenía casi la mitad de años que ella y ya estaba agotada. Aceptémoslo, tener citas con hombres es un suplicio.

Los había de todos los tipos: gordos, calvos, viejos, jóvenes... Según mis amigos, todos encantadores, sólo que siempre olvidaban mencionar «cierto problemilla», ya fuera un alcoholismo incipiente, una psicosis profunda causada por la madre, el padre, los hijos, la ex mujer, el perro o el papagayo, o una crisis sin importancia relacionada con su sexualidad después de que alguien abusara de ellos en la adolescencia. Por supuesto, sé que hay hombres normales por ahí, pero no los he conocido. Además, estaba completamente desentrenada. En los últimos trece años había dedicado las noches a preparar la cena a Roger, ver la televisión con él o simplemente dormir, sin contar los partidos de béisbol. No estaba preparada para la alta cocina en microondas, y nunca había oído hablar de los dieciséis tipos distintos de granos de café procedentes de países africanos. En cuanto a los deportes... bueno, conocía los que había visto en los Juegos Olímpicos. Resultó que las manicuras y las depilaciones no bastaban, también debía esquiar como Killy, nadar los cien metros y hacer saltos de longitud. La verdad es que soy perezosa, por lo que me resultaba mucho más fácil quedarme en casa a ver la televisión con los niños y comer pizzas. Y cuando en mi segundo verano de libertad analicé lo que había hecho, decidí que lo de las citas no era lo mío.

Ese año los niños se fueron con Roger a pasar el mes de julio en el sur de Francia. Iban a alquilar un yate y alojarse en el Hôtel du Cap, después irían a París, donde Roger enviaría a los niños de vuelta a casa en un avión. Yo tenía que recogerlos y pasar el mes de agosto con ellos en una casita alquilada en una playa de Long Island. Al fin y al cabo, el dinero del abuelo no era una fuente inagotable. Roger y Helena habían alquilado un pequeño palacio cerca de Florencia. Por supuesto, hacía tiempo que me había dado cuenta de que el fondo fiduciario de Helena, si no su coeficiente intelectual, era mucho mayor que el mío. Me alegraba por Roger, o al menos lo aparentaba, lo que hizo que el doctro Steinfeld se enorgulleciera de mí. De acuerdo, le mentí. Seguía sintiéndome un poco enfadada y celosa de las piernas y las tetas de Helena, por no hablar de su fondo fiduciario.

Durante los primeros días del mes que pasé sin los niños me sentí sola. No tenía a nadie con quien ver la televisión, pero al menos me abstuve de comer mantequilla de cacahuete y pizzas. Sam tenía ocho años y Charlotte acababa de cumplir trece, por lo que no parábamos de discutir sobre la laca verde y los aros en la nariz. A decir verdad, en la segunda semana de soledad empecé a pasarlo bien. Pese al calor, Nueva York siempre me ha gustado en verano. Los fines de semana no hay nadie. Salía a dar largos paseos por la noche y me pasaba horas en cines bien refrigerados. Me costaba creer que hubieran pasado casi dos años desde nuestra ruptura. Ya no soñaba ni suspiraba por Roger, y tampoco me acordaba de cómo era su cuerpo. Nunca lo creí posible, pero por fin había dejado de echarle de menos y de añorar sus ronquidos, entre otras cosas.

Los niños llamaban de vez en cuando y me sorprendió que Roger preguntara, con voz entrecortada, cómo me las arreglaba para aguantarlos día y noche, y si lo del aro en la nariz de Charlotte iba en serio. Por una vez, pese a lo mucho que quiero a Charlotte y Sam, me alegré de que estuvieran con él, y también con Helena. Que le cojan a ella su blusa favorita, su mejor falda y la pulsera de plata que ya no volverá a ver. Seguro que aparecerá debajo de su cama dentro de diez años, junto con su bolso favorito y un frasco medio vacío de perfume. Cuando hoy en día pierdo algo, lo primero que hago es mirar debajo de la cama, pero pensé que lo mejor era que Helena lo dedujera sola. Al fin y al cabo, parte del precio de amar a Roger consistía en cuidar de sus hijos. Lo más gracioso es que, según me contó Charlotte, cuando Helena tenía veinticinco años había estado a punto de practicarse un ligamento de trompas tras someterse a una liposucción y ponerse silicona para no estropearse el tipo, aunque al final optó por la píldora. Sam cree que es divertida. A la tercera semana supuse que habría enloquecido y lamentaría haberse casado con Roger. Por mi parte, empezaba a echar de menos la laca verde y a ablandarme con el asunto de los aros en la nariz. Por suerte, Charlotte no se enteró.

La casa estaba terriblemente silenciosa sin ellos, pero yo seguía haciéndome la manicura con regularidad y me pintaba las uñas de los pies para poder llevar sandalias de tacón. Aunque desde hacía unos meses había renunciado a las citas, no había renunciado a mi nueva imagen. Ese verano me corté el pelo muy corto. Helena seguía con su melena al estilo Farrah Fawcett. A Roger le encantaba, como todo lo que tuviera que ver con ella.

Cuatro días antes de que regresaran los niños, tomé una decisión. No tenía nada mejor que hacer, ninguna razón para esperar en Nueva York a que volvieran. La idea se me ocurrió a medianoche, en el quinto día de una terrible ola de calor. Cuando ya había visto todas las películas que daban en la ciudad y todos mis amigos se habían ido de vacaciones, de pronto pensé que podía reunirme con los niños en París. Fui a comprar un billete y encontré uno muy bien de precio. Me facilitaron tanto las cosas que pensé que valía la pena.

Reservé una habitación en un pequeño hotel en la Rive Gauche, un lugar del que me habían hablado y que pertenecía a una antigua estrella de cine francesa, donde al parecer servían una comida excelente a una clientela interesante y selecta. Antes de acostarme hice las maletas y al día siguiente cogí el avión. Llegué al Charles de Gaulle en la medianoche de una calurosa noche de verano de finales de julio, y enseguida me di cuenta de que era un momento mágico. Era la noche más perfecta en la ciudad más romántica del planeta. El único problema era que estaba compartiéndola con un taxista que apestaba a sudor y que estaba comiendo una cebolla cruda. Tenía cierto encanto galo, siempre y cuando bajara la ventanilla. Así lo hice, sobre todo para contemplar las vistas mientras atravesábamos París. Pasamos por el Arco de Triunfo, la plaza de la Concordia, la plaza Vendôme y el puente Alexandre III mientras nos dirigíamos a la Rive Gauche, donde se encontraba mi hotel.

Quería salir y ponerme a bailar, hablar con alguien, con cualquiera, volver a estar viva, compartir ese momento con una persona que me importara. Sin embargo, el único hombre que me había importado en los últimos veinte años era Roger, y él seguía en el sur de Francia con Helena y mis hijos. Además, aunque hubiese estado en París conmigo, para entonces ya me resultaba indiferente. Ni siquiera recordaba por qué me había enamorado y, al igual que él, por fin había empezado a preguntarme si realmente nos habíamos querido alguna vez. Quizá yo sólo me había enamorado de una ilusión y él de mi fondo fiduciario. Hacía tiempo que había aceptado esa posibilidad, pero también me sentía agradecida porque ya no tenía que pasarle la pensión, después de su matrimonio con Helena. Ahora sólo pagaba la manutención de los niños, una cantidad suficiente para mantener un pequeño orfanato en Biafra. Ese hombre era un encanto.

Y allí estaba, en París, contemplando la torre Eiffel y admirando los *bateaux-mouches* en el Sena, iluminados como si fuera Navidad; sola, tal y como había estado los últimos dos años, y posiblemente también los trece años anteriores. Al perder a Roger no sólo había perdido la ilusión, la inocencia, la juventud, sino también los camisones de franela. Había renunciado a muchas cosas por él. Me había acostumbrado a mi propia compañía, a la soledad ocasional y la agradable sensación de los camisones de satén que habían sustituido a los de franela. Por cierto, me había llevado cuatro camisones nuevos a París, ya que me había cansado de los primeros que me compré justo después de que él se marchara.

Al llegar al hotel pagué al taxista y yo misma metí las maletas. Cuando vi la recepción, no me decepcionó. Era una pequeña joya, el lugar más romántico que había visto jamás. Me atendió un muchacho que parecía una estrella de cine porno, pero que tenía la mitad de años que yo. Me acompañó a mi habitación y, tras darme la llave con una mirada de lo más sensual, advertí que acababa de ponerse morado de ajo y que el desodorante lo había abandonado.

Desde mi habitación se vislumbraba la torre Eiffel y una esquina del jardín del museo de Rodin. Nada más acostarme en la cama con dosel, me dormí como un bebé hasta la mañana siguiente, cuando desperté muerta de hambre.

Me trajeron cruasanes y café en una bandeja con un mantel precioso, cubiertos de plata y una rosa en un jarrón de cristal. Me lo comí todo salvo el mantel y la rosa. Tomé un baño, me vestí y dediqué el día entero a pasear por París. Nunca había disfrutado tanto, nunca había visto tantas cosas hermosas ni gastado tanto dinero. Me compré todo lo que se me antojó, e incluso algunas cosas que al final decidí que detestaba. Encontré una lencería con una ropa preciosa y compré suficientes prendas como para convertirme en una cortesana de Luis XIV. Cuando volví al hotel, extendí sobre la cama todos los sostenes, las bragas y los ligueros que nunca usaría. Al verlos arqueé una ceja mientras me preguntaba si eso era una señal divina. ¿Volver a salir con hombres? Ah, no, eso sí que no... no empezaremos otra vez con los leones del coliseo. Decidí ponérmela sólo para mí. Tal vez a mi hijo Sam le gustaría. Quizá aprendería algo. Me lo imaginé treinta años más tarde... «Mi madre siempre se ponía una ropa interior y unos camisones preciosos.» Con eso daría a las mujeres de su vida un aliciente, y a Charlotte algo nuevo para despreciar. Me preguntaba si todavía querría ponerse el aro en la nariz. En fin, lo único que quería era pasar el resto de mi vida en París con la ropa interior que acababa de comprar.

Esa semana el hotel no disponía de servicio de habitaciones debido a un problema en la cocina y sólo servían el desayuno, por lo que decidí dar un paseo por el boulevard Saint-Michel y buscar un restaurante. A mediodía comí sola en el Deux Magots mientras escuchaba a los parisinos y observaba a los turistas. Cuando salí del hotel, me sentí muy mayor. Eso sí que era ser independiente. Por fin lo había conseguido... gracias a la ropa interior francesa. Llevaba el conjunto de encaje azul celeste que me había comprado por la mañana. Pero ¿quién iba a enterarse? Sólo la policía, si tenía un accidente, una perspectiva muy alegre. Ya me imaginaba a los gendarmes franceses comentar lo bonita que era la ropa interior que llevaba el cadáver. No obstante, conseguí llegar al restaurante sana y salva y con la ropa interior intacta. Y fue entonces cuando lo vi.

Yo acababa de pedir salmón ahumado y un Pernod, una bebida amarga con sabor a regaliz que siempre había odiado, pero la pedí porque tenía un toque muy francés. No tenía mucha hambre, pero pensé que debía comer algo, y cuando el camarero me sirvió el Pernod, de pronto me di cuenta de que estaba mirando a un hombre fijamente. Yo llevaba una camiseta negra, vaqueros y un par de mocasines viejos. Había dejado las sandalias de tacón en el hotel. No pretendía estar guapa, sólo quería divertirme hasta reunirme con los niños. Esa mañana le había dejado un mensaje a Roger en que le indicaba dónde debía llevarlos para que no los enviara de vuelta a Nueva York.

El hombre al que miraba era alto y delgado, ancho de hombros y con unos ojos que parecían observarlo todo. Era larguirucho y desgarbado, y estaba sentado de tal manera, apoyándose en la silla, que parecía recién salido de una película de Humphrey Bogart. Debía de tener unos cincuenta años y, por alguna razón, pensé que debía de ser inglés o alemán. Sabía que no era francés, y por su conversación algo complicada con el camarero deduje que tampoco lo hablaba. Entonces vi que leía el *Herald Tribune*.

No sé por qué, quizá se debió a la soledad, el aburrimiento o la química, pero el caso es que ese hombre me fascinó. Pese a las hordas de franceses que me rodeaban, no podía dejar de mirarlo. Había algo en él que me cautivaba. Era guapo, por supuesto, pero no mucho más que los demás hombres que había visto. No obstante, resultaba atractivo, y lo peor era que parecía saberlo. Era sexy hasta cuando leía el *Herald Tribune*.

Vestía una camisa de Oxford azul sin corbata, pantalones caqui y mocasines como los míos, y mientras le observaba me di cuenta de que era norteamericano. Me había largado a París para quedarme encandilada de un tío que debía de ser de Dallas o Chicago. Patético. Menuda manera de tirar el dinero. Entonces él se volvió y me vio. Por un instante nuestras miradas se encontraron, luego él volvió a concentrarse en el periódico, indiferente a lo que acababa de ver. Obviamente esperaba encontrar a una

Brigitte Bardot o una Catherine Deneuve, o quizá una francesa parecida a Helena. Pero ¿qué pretendía?, me pregunté, ¿que se cayera de espaldas, se arrodillara a mis pies y me rogara que cenara con él? No, claro que no, pero podía haberse acercado para saludarme u ofrecerme una copa de vino. Imposible, los hombres no hacen esas cosas en la vida real. Te miran, te evalúan y después vuelven con sus mujeres en Greenwich. Para entonces había decidido que vivía en Long Island o en Greenwich, era corredor de bolsa, abogado o profesor en Harvard. O bien otro vago como los diez mil hombres que había conocido en los últimos dos años. Seguro que era alcohólico, quizá un pervertido; u otro bodrio, que sólo quería hablar de su cartera de acciones, de su ex mujer o del único concierto de rock al que asistió cuando estaba en la universidad, ya fuera de los Rolling Stones o de Grateful Dead, a los que yo detestaba por igual.

Pensé que sin duda estaba casado. Tenía toda la pinta de haber estudiado en Yale, quizá en Harvard. Seguro que me rompería el corazón o me dejaría plantada, como Roger. Pero estaba tan guapo, sentado allí con sus pantalones caqui y su camisa de Oxford, que me resultaba insoportable. Me bastaba con verlo para saber que lo odiaría. ¿Cuántos leones hacen falta para comerse a un solo cristiano? La respuesta es: muchos, o uno enorme. Yo ya había sido devorada, mordisqueada y escupida por expertos... como ése. Para entonces sabía reconocer a un león al instante.

Mientras le gruñía para mis adentros pedí un postre y un café *filtre*, a sabiendas de que no podría dormir en toda la noche, pero en París, ¿qué importaba? Después de pagar la cena, pasé junto a él con indiferencia. Me disponía a volver al hotel a pie, dando un rodeo para asimilar los sonidos y los olores de París y, sobre todo, para olvidarme de él. Por un instante nuestras miradas volvieron a cruzarse y me dije que nunca volvería a verlo, tratando de convencerme de que no me importaba. Me había pasado toda la cena obsesionada con aquel tipo y yo sabía, sobre todo después de los últimos dos años, que ningún hombre lo merece, por muy atractivo que sea.

Creía que ya le había olvidado mientras contemplaba los escaparates de vuelta al hotel, cuando al doblar la última esquina vi que el héroe de la camisa azul y los pantalones caqui estaba justo detrás y caminaba hacia mí. Me dio un vuelco el corazón y me detuve sin saber qué le diría cuando me alcanzara. Me quedé allí inmóvil, pensando en alguna ocurrencia, cuando pasó junto a mí sin mirarme ni sonreír y entró en el hotel. Me pregunté cómo sabía que me alojaba allí y por qué le importaba. Seguro que me esperaba en recepción. Decididamente, tras dos años de adaptación a tantas cosas, desde camisones hasta citas con hombres, había perdido la perspectiva de las cosas.

Cuando entré en el hotel, la estrella porno estaba entregando la llave de su habitación a mi desconocido. Esta vez se volvió hacia mí y me sonrió, provocando algo como muy primario en el fondo de mi ser. Me quedé tan arrobada mirándolo que no oí lo que decía. Sólo verlo era maravilloso. Instintivamente busqué su sortija con la mirada, pero no la encontré. Supuse que sería uno de esos maridos que se quitaban la sortija y la guardaban en el bolsillo cuando salían de casa. Sólo podía pensar lo peor de él. Era demasiado atractivo para ser decente.

—Una noche agradable, ¿verdad? —preguntó amablemente mientras esperábamos el ascensor, que parecía una jaula de pájaros.

Hasta entonces siempre había subido los dos pisos a pie, pero esta vez, con él delante, me fue imposible. Sentía un nudo en el estómago y me oí a mí misma murmurar algo. En cualquier caso, había acertado, tenía acento norteamericano, aunque lo cierto es que también podía haberlo deducido por su camisa de Oxford, los pantalones caqui y los mocasines; no necesitaba verle el pasaporte.

—Es una ciudad hermosa. —Qué brillante. Ese comentario sí que merece un sobresaliente. Menos mal que fui a la universidad y me gradué *cum laude*.

—¿Está aquí por trabajo? —preguntó cuando llegó el ascensor. Dios mío, una conversación. ¿Qué ha pasado?

—Voy a reunirme con mis hijos dentro de un par de días. Sólo estoy matando el tiempo y gastando dinero.

Sonrió. Dientes maravillosos; sonrisa maravillosa... un cuerpo maravilloso. Y yo me sentí tan mayor y sofisticada como mi hija Charlotte, con o sin el aro en la nariz.

—Ésta es una ciudad ideal para eso —comentó mientras entraba en la jaula detrás de mí—. ¿Viene a menudo?

Apreté el botón de la segunda planta y él no apretó ninguno. Quizá tenía la intención de seguirme hasta mi habitación y matarme, o seducirme, o lo que fuera. En fin, al menos llevaba la ropa interior de encaje azul celeste. Seguro que eso le impresionaría.

—Alrededor de una vez cada diez años —contesté—. Hacía

mucho que no venía. ¿Y usted...? Me refiero a si viene a menudo, claro.

Me sentí increíblemente estúpida. En realidad lo único que quería era mirarlo. Era imposible no imaginarlo desnudo. Me pregunté qué clase de calzoncillos usaría. Seguramente *slips*, grises o blancos, de Calvin Klein. Y calcetines hasta las rodillas.

Resultó que su habitación era la contigua a la mía, y yo me acordé de *Confidencias de medianoche* con Doris Day y Rock Hudson, cuando los dos hablan por teléfono desde sus respectivas bañeras. Si fuera una película, él me llamaría. En la vida real, debería haber ingresado en un manicomio por lo que estaba pensando.

—Buenas noches —se despidió con amabilidad, y sin duda entró en la habitación para llamar a su mujer y a sus siete hijos; o a su ex mujer y a sus dos novias; o a su novio; o cualquier combinación de lo anterior.

Me quedé de pie en mi habitación, mirando por la ventana y pensando en él. Como todavía quedaba una pequeña posibilidad de que fuera una persona normal y no un agresor sexual, no me llamó. Pero a la mañana siguiente volví a verle. Salimos de nuestras respectivas habitaciones al mismo tiempo, perfectamente sincronizados, y bajamos juntos en el ascensor. Lloviznaba, pero yo ya iba preparada y llevaba una gabardina y un paraguas. Sabía que podía pegarle con él si me agredía y me sentí terriblemente decepcionada cuando no lo hizo.

En cambio, se volvió hacia mí en el vestíbulo mientras yo forcejeaba con el paraguas. Esta vez llevaba una camisa blanca y me preguntó adónde iba.

—Voy de compras... —contesté torpemente— quizá al Louvre... No lo sé.

—Yo también quiero ir... me refiero al Louvre. ¿Le gustaría acompañarme?

¿Y su mujer y sus hijos en Greenwich? ¿Ya está? ¿Así de fácil? Después de todos esos pelmazos que bebían demasiado y me obligaban a practicarles una llave de aikido de camino a casa, ¿ese hombre tan increíblemente apuesto quería ir al Louvre conmigo? Me entraron ganas de preguntarle dónde demonios había estado mientras yo salía con Godzilla y los hermanos y primos de éste. ¿Por qué tardaste tanto, Bozo? Quizá por fin había llegado el momento ideal.

—Me encantaría —contesté con una sonrisa.

Charlamos tranquilamente en el taxi. Él también vivía en Nueva York, a una docena de manzanas de mi casa, y solía ir a California. Tenía una empresa en Silicon Valley especializada en biónica, una especie de combinación de biología y electrónica. Me explicó brevemente qué hacían y me sonó a suajili. En cualquier caso, se dedicaba a la alta tecnología. Y no había estudiado en Harvard ni en Yale, sino en Princeton. Mientras estuvo casado, vivió en San Francisco. Se había trasladado a Nueva York hacía dos años, después del divorcio, y tenía un hijo en Stanford. Se llamaba Peter Baker, tenía cincuenta y nueve años y nunca había vivido en Greenwich. Mi historia era tan aburrida que mientras se la contaba estaba segura de que se pondría a roncar en cualquier momento. Sin embargo, se mantuvo despierto lo suficiente para que pudiera contarle los detalles más pertinentes. Omití la escena de las butacas de satén y el hecho de que Roger me hubiera dejado más o menos por Helena, o quizá sólo porque no me amaba. Le hablé de los niños y le conté que estaba divorciada y que había trabajado de redactora en una revista durante seis años antes de casarme, pero incluso eso me pareció aburrido. Cuando acabé de contarle mi historia, me sorprendió que siguiera despierto.

Quería repasar la lista con él lo más rápido posible. Después de casi dos años me había convertido en toda una experta. Tenis y esquí, sí; montañismo, no; maratones, imposible; ya no puedo hacer *footing* debido a una lesión en la rodilla tras sufrir un pequeño accidente de esquí el año pasado; nada de avionetas, tengo vértigo; practico un poco de vela; la alta cocina no se me da muy bien; tengo sábanas nuevas y camisones decentes; bebo vino, pero no licores; siento una debilidad especial por el chocolate, hablo un poco de español y chapurreo el francés pese al desprecio de la mayoría de los camareros. El resto podía verlo él mismo. Y si lo presionaba, tal vez Roger podía darle referencias. No he tenido ninguna relación seria desde hace dos años, Dios mío, ¿tanto tiempo?, pero sí muchas citas mediocres en muchos restaurantes italianos vulgares y en unos cuantos franceses maravillosos. Divorciada solitaria busca... ¿qué? ¿Qué busca en realidad? ¿A quién...? A un hombre con una camisa blanca recién planchada y pantalones caqui, con una americana azul marino colgada del brazo y una corbata de Ralph Lauren en el bolsillo. ¿Y qué significaba «biónica»? No estaba segura, pero me daba vergüenza preguntárselo.

Intentó explicármelo de nuevo de camino al Ritz, adonde fuimos a tomar una copa después del Louvre. Cuando lo propuso, me pareció una idea excelente. Dijo que una vez se había alojado allí, con unos «amigos», sin dar más explicaciones. Imaginé una relación tórrida, lo que me dio que pensar. Pese a que se mostraba abierto, tenía cierto halo de misterio. Y era muy atractivo, no sólo por su manera de moverse y hablar, sino también por las preguntas que no hacía, por las respuestas que no ofrecía. En el Ritz pidió un martini y explicó cómo lo quería. Ginebra muy seca, sola, con dos aceitunas.

Cuando salimos del Ritz, eran las nueve y habíamos pasado diez horas juntos. No estaba mal para una primera cita. ¿Qué significaba? Nada. El vino blanco me había achispado y él estaba maravilloso. Mientras comíamos ostras en un restaurante en Montmartre le hablé de Sam y Charlotte, y del aro en la nariz de esta última. Hasta le hablé de Roger y le conté la escena en las butacas de satén, cuando me dijo que estaba harto de mí.

Por fin le tocó a él. Su mujer se llamaba Jane y se habían separado después de que ella tuviera una aventura de dos años con su médico. Ahora vivían en San Francisco y, al contarlo, Peter no se mostró especialmente afectado. Dijo que hacía años que el matrimonio ya no funcionaba. No pude evitar preguntarme si eso fue lo mismo que Roger comentó a Helena, o quizá ni siquiera tuvo que hacerlo. Seguro que Helena nunca había comido ostras con Roger en París ni en ningún otro sitio. Debían de ir a discotecas o a moteles baratos, así no tenían que hablar. Peter también mencionó a su hijo y aseguró que estaba loco por él.

Poco antes de la medianoche volvimos al hotel y subimos al ascensor en silencio. Yo no tenía idea de lo que ocurriría ni de lo que quería, pero él me resolvió el problema. Me dio las buenas noches, comentó que lo había pasado muy bien y que a la mañana siguiente se marchaba a Londres. Le dije que me alegraba mucho de haberle conocido y le di las gracias por la cena. Era un interludio, una pausa en la vida, y cuando cerré la puerta de mi habitación y miré alrededor, me dije que tíos con camisa blanca y pantalones caqui los había a montones. Sí, pero no como ése. Por alguna razón parecía único, y lo era. Estaba segura.

Peter Baker era una rareza, un regalo, un unicornio en el mundo de hoy. Parecía un hombre normal, pero encantador. Ya me imaginaba yendo al coliseo, con la ropa interior de encaje celeste, aunque ese día me había puesto la rosa. No sabía qué esperaba de él, ni qué quería. Supogo que nada. No obstante, dijo que cuando volviera a Nueva York me llamaría. Imposible, no me había pedido mi número de teléfono y tampoco figuraba en la guía. Además me iba a los Hamptons con los niños, y yo ya había entrado y salido del coliseo. Ya había sido devorada viva para el desayuno, la comida y la cena. Y Roger se había llevado lo mejor. Ya no sabía si quedaba algo de mí, ni si a él le importaba. De hecho, estaba segura de que no. Me convencí de ello mientras me desvestía, me cepillaba los dientes y me acostaba. Hacía tanto calor que ni me molesté en ponerme el camisón. En la habitación contigua no se oía nada, ni siquiera ronquidos. A la mañana siguiente me llamó y dijo:

—Llamaba para despedirme. Anoche me olvidé de pedirte tu número de teléfono. ¿Te importa si te llamo?

Claro que me importaría, sería terrible. No lo soportaría. No quiero volver a verte. Me gustas demasiado y ni siquiera te conozco. Mientras oía el rugido de los leones en el fondo de mi cabeza, le di mi número de teléfono y después recé para que no me llamara. Los pelmazos siempre llaman; los que valen la pena, nunca.

—Te llamaré cuando vuelva a Nueva York —dijo—. Diviértete con los niños.

Hasta nunca, me dije, y le deseé que lo pasara bien en Londres. Me explicó que iba a trabajar y que volvería a Estados Unidos vía California. Al menos no era un tipo aburrido. Tenía trabajo, se ganaba la vida y quería a su hijo. No parecía tener problemas con su ex mujer y no había estado en la cárcel, aunque tampoco me lo habría dicho. Era educado, agradable, atractivo e inteligente, o al menos eso parecía. Obviamente, un psicópata.

3

Al día siguiente de que Peter Baker se marchara a Londres, Roger me dejó a los niños en el hotel con una mirada de profundo alivio. Yo había ido al museo de Rodin, había visitado cada una de las tiendas de la Rive Gauche y me había comprado tanta ropa que no sabía qué hacer con ella. Por supuesto, era atrevida y me quedaba muy ajustada, pero al final decidí que si me hartaba de ella podía dársela a Helena, o a Charlotte cuando fuera mayor.

Cuando llegaron, los chicos parecían muy contentos. Charlotte había sustituido el color verde de sus uñas por el rosa y se había puesto otro aro en la oreja, lo que debió de satisfacer su afán de automutilación, al menos de momento. Roger parecía agotado. Apenas me saludó y se fue corriendo, despidiéndose con un gesto y diciendo que tenía que encontrarse con Helena, que se había ido de compras y le esperaba en Galliano. Durante los trece años que estuvimos casados nunca había ido de compras conmigo, ni una sola vez. Al parecer Helena conseguía cosas con las que yo ni siquiera habría soñado.

—Papá es muy raro —comentó Sam, sentándose en una silla con una barra de chocolate en la mano. Lo había comprado por la friolera de dos dólares en el Plaza-Athenée, donde se alojaban Roger y Helena hasta la mañana siguiente, en que partirían hacia Florencia.

—No, no es verdad —lo corrigió Charlotte, revisando la ropa que me había comprado y que tenía en el armario. Observó con interés la minifalda blanca y la blusa transparente con bolsillos de algodón en los lugares pertinentes—. Es un gilipollas. No irás a ponerte eso, ¿verdad? —Me miró con desprecio. Bienvenida, Charlotte.

—Es posible, pero estoy segura de que tú no te lo pondrás —contesté, feliz de volver a verla después de un mes. Ni siquiera se le veía el segundo agujero y el aro era minúsculo—. No deberías hablar así de tu padre —la reprendí, consciente de lo difícil que era engañarla.

—Tú también lo piensas, mamá. Y Helena sigue siendo una Barbie. Cuando íbamos a la playa en el sur de Francia, tomaba el sol sin sujetador y papá se volvía loco —dijo esbozando una amplia sonrisa—. Un día se ligó a dos tíos en la piscina y papá dijo que el año que viene irían a Alaska.

—¿Nosotros también tendremos que ir? —preguntó Sam, preocupado.

—Ya hablaremos de eso, Sam.

Era una de mis respuestas comodín y en ese momento cumplió con su cometido. Sam se acabó la barra de chocolate sin manchar ningún mueble. Luego nos marchamos y los llevé a todos los lugares que creí que les encantarían, y así fue. En el Deux Magots, me acordé de Peter Baker y me pregunté si me llamaría. Una parte de mí esperaba que no lo hiciera. Sería doloroso volver a enamorarme. Pero otra parte confiaba en que sí.

—Y tú ¿qué? —preguntó Charlotte, mientras yo seguía pensando en Peter—. ¿Has conocido a alguien mientras estábamos fuera? ¿Tal vez un francés apuesto? —Las chicas de trece años tienen la percepción extrasensorial de los marcianos más sofisticados.

—¿Y por qué mamá iba a querer conocer a un francés? —preguntó Sam, desconcertado, mientras Charlotte se preparaba para interrogarme y yo respondía con evasivas. Podía decirle sin faltar a la verdad que no había conocido a nadie. O sea, a ningún francés. Había conocido a Peter Baker, pero no tenía que confesar nada, ya que no me había besado ni nada parecido. Sólo habíamos pasado el día juntos. No había perdido mi virginidad en París.

—No —contesté con solemnidad—. No hice nada salvo esperaros —expliqué inocentemente, lo que era más o menos verdad. No había tenido una sola «cita» en todo el mes y lo cierto es que no me importaba si no volvía a tener una. Hacía meses que ya no me parecía divertido volver a casa con borrachos después de cenas que no había disfrutado y de que me manosearan auténticos desconocidos, algunos casados. Ahora sólo me quedaba esperar que los niños crecieran para poder ingresar en una orden religiosa. Pero ¿entonces qué haría con mis camisones? Seguro que ya estarían viejos, así que eso tampoco sería un problema insoluble, y quizá un cilicio me recordaría mis viejas franelas perdidas.

—Suena muy aburrido —observó Charlotte, resumiendo mi vida con su habitual precisión, y luego procedió a hablarme de los chicos guapos que había conocido o que habría querido conocer en el sur de Francia. Sam me contó que pescó siete peces en el yate, y Charlotte le recordó que sólo fueron cuatro, por lo que él le asestó un débil puñetazo.

Me alegraba de que estuvieran otra vez conmigo. Me sentí relajada y tranquila, y me recordaron que no necesitaba a un hombre. Me bastaba con un televisor y una cuenta en la librería del barrio. Y mis niños. ¿Quién necesitaba a Peter Baker? Como habría dicho Charlotte de haber sabido de su existencia, seguro que era un pervertido.

Volvimos a Nueva York, donde pasamos un día entero haciendo coladas y después volvimos a preparar las maletas para ir a East Hampton. La casa que alquilamos era pequeña, pero para nosotros ya estaba bien. Los niños compartían una habitación mientras que yo dormía sola, y en la casa contigua había un gran danés al que, según sus dueños, le encantaban los niños. Olvidaron añadir que también le gustaba el césped de nuestro jardín delantero, adonde solía ir para dejarnos sus regalitos. Los niños no paraban de decirme «Has vuelto a pisarlo, mamá», mientras manchábamos el suelo de la casa, aunque por suerte no íbamos descalzos. Menos mal que el perro era simpático y, además, adoraba a Sam. Al cabo de una semana, lo encontré durmiendo en su cama. Sam lo había escondido debajo de la sábana para que yo no lo viera y parecía un hombre durmiendo a su lado. A veces también dormía en la cama de Charlotte, y entonces ella venía a mi habitación.

De hecho, Charlotte estaba durmiendo a mi lado cuando Peter llamó el sábado por la mañana y pensé que era el técnico de la nevera, pues ésta se había averiado la tarde anterior y se nos habían estropeado las pizzas congeladas y los perritos calientes, sin mencionar el helado, que se había derretido en el fregadero. Sólo nos quedaban cuarenta y dos latas de coca-cola, dieciséis latas de 7-Up light, un poco de pan, una lechuga y unos cuantos limones. Se nota que en verano cocino mucho.

—¿Cómo va todo? —preguntó, y de inmediato reconocí la voz del tipo de las neveras. Ya había hablado con él dos veces la noche anterior, o al menos eso creía, y él me había prometido que pasaría por la mañana, pero todavía no había venido.

—Me irá mucho mejor cuando venga. Anoche perdimos trescientos dólares en comida —repuse con acritud. Ese hombre tenía una voz sexy y profunda, pero al igual que los de los teléfonos eróticos, supuse que pesaría cien kilos y sus pantalones difícilmente ocultarían aspectos que una nunca quiere ver en un hombre como ése, sobre todo si además sudaba y fumaba puros.

—Lo siento —se disculpó, refiriéndose a la comida—. Quizá debería acercarme para invitaros a cenar.

Dios mío, otro no... En nuestro segundo día de estancia el carpintero que había ido a arreglar el escalón suelto de la entrada me había dicho que el biquini me quedaba muy bien, y luego me propuso ir a cenar. Debió de pensar que estaba desesperada. Le contesté que no podía.

—No, gracias, sólo quiero que venga a arreglar la nevera. No quiero nada más. Haga el favor de venir de una vez por todas.

Se produjo un breve silencio. Luego dijo:

—Quizá no sepa, aunque puedo intentarlo. En la universidad hice un par de asignaturas de ingeniería. —Ah, genial, un universitario, un técnico de neveras dispuesto a reconocer que no sabía lo que hacía. Al menos era honrado.

—Quizá pueda comprarse un libro o algo así. Mire, me dijo que vendría ayer. ¿Va a repararla hoy o no?

En aquel momento Charlotte se despertó y salió de la habitación mientras yo seguía discutiendo.

—Preferiría invitaros a cenar, Stephanie, si me lo permites. —El tipo era un pesado. Hacía calor y no había nada frío para beber, y encima ese hombre no me gustaba lo más mínimo.

—No, no se lo permito... y no me llame Stephanie. Limítese a reparar la nevera.

—¿No puedo comprar una nevera nueva?

—Pero ¿qué dice?

—Quizá sería más sencillo. Es que a mí lo de arreglar neveras se me da muy mal. —Parecía burlarse de mí.

—Pero ¿usted a qué se dedica? ¿Acaso es dermatólogo? ¿A qué viene todo esto?

—A que se te ha estropeado la nevera y yo no tengo idea de cómo se arregla. Soy un científico de alta tecnología, Stephanie, no un técnico.

—¿Qué? —Y en ese momento me di cuenta de quién era. No era el del taller de reparaciones de neveras, sino la voz que había oído varias semanas antes. En el Louvre de París, hablando de Corot, y en el Ritz explicando al camarero cómo quería el martini. Era Peter—. Oh, lo siento —me disculpé como una estúpida.

—No te preocupes. Voy a pasar el fin de semana en los Hamptons y creí que te apetecería salir a cenar. En lugar de una botella de vino te llevaré una nevera nueva. ¿Alguna marca especial?

—Creí que eras...

—Lo sé. ¿Cómo estás en los Hamptons, aparte del problema con la nevera?

—Muy bien. Mi hijo ha adoptado al gran danés del vecino y, salvo por el problema de la nevera, todo va bien.

—¿Puedo invitaros a cenar?

¿Con mis hijos? Era una idea simpática, pero no sabía si quería compartir a Peter con Sam y Charlotte. De hecho, estaba segura de que no. Tras pasar una semana con ellos, recogiendo los desechos que dejaba el gran danés por toda la casa y el césped, lo que más me apetecía era una velada en compañía estrictamente adulta. Estaba más que dispuesta a dejar a los niños en el orfanato más cercano, o al menos a llamar a una canguro y, por supuesto, a olvidarme de la nevera por un tiempo. Quería verle *sin* niños.

—Creo que los niños ya tienen planes —mentí y al instante agregué—: ¿Dónde vas a estar?

—Con unos amigos en Quogue. Hay un restaurante cerca de allí que pensé que te gustaría. ¿Qué te parece si paso a recogerte a las ocho?

¿Que qué me parecía? ¿Estaba de broma? Tras dos años de alternar citas con los hermanos de Godzilla y de soportar la soledad más absoluta viendo antiguas reposiciones en televisión de *M.A.S.H.*, que en el fondo eran mucho más interesantes que las citas, ¿de pronto una persona civilizada a la que había conocido en París y con la que había comido ostras en Montmartre quería verme en East Hampton e invitarme a cenar? Seguro que estaba bromeando.

Cuando colgué el auricular esbozando una amplia sonrisa,

Charlotte entró en la habitación y se quedó mirándome. Acababa de dejar un rastro perfecto de excremento de perro por todo el dormitorio, pero no tuve valor para decírselo. Además, estaba demasiado contenta como para que me importara.

—¿Quién era? —preguntó con desconfianza.

—El técnico de la nevera —mentí ignominiosamente a mi propia hija, pero se trataba de un asunto que a ella no le incumbía.

—No, no es verdad —replicó con tono acusador—. El técnico está en la cocina, reparando la nevera. Dijo que tal vez habrá que comprar una nueva.

—¿De veras? —pregunté sintiéndome muy estúpida, y en ese momento Charlotte advirtió que había manchado el suelo y masculló algo entre dientes. No pude evitar preguntarme qué le daban de comer a ese perro. Sin duda, fuera lo que fuera, era excesivo. En cuanto Charlotte salió de la habitación, llamé a la canguro.

Hasta las seis de la tarde no les dije a los niños que iba a salir y que ellos se irían a comer una hamburguesa y al cine sin mí. La nevera volvía a funcionar, aunque según el técnico sólo provisionalmente, pero el caso es que los refrescos se habían enfriado y todo el mundo estaba contento. Incluso había ido a comprar más pizzas congeladas y helados.

—¿Adónde vas? —preguntó Sam con recelo. Yo no había salido desde que habían vuelto de Francia, y obviamente mis salidas eran un motivo de preocupación. Yo tenía mi propia vida, lo que quizá supondría una auténtica amenaza para ellos. ¿Quién iba a llevarlos al Seven Eleven? ¿O cambiar los canales de la televisión, o limpiar los desperdicios del perro? Decididamente, yo era útil para ellos.

—¿Con quién? —preguntó Charlotte, yendo al grano.

—Con un amigo —contesté vagamente mientras abría una lata de 7-Up y me la llevaba a la boca para que no pudieran oír el resto. Sin embargo, los niños tienen un oído extraordinariamente sensible. Al menos los míos. Charlotte se enteró perfectamente de lo que dije, a pesar de que hablé con la lata casi pegada en los labios.

—¿De París? ¿Es francés?

—No, es norteamericano. Le conocí allí.

—¿Habla inglés? —preguntó Sam con gesto de preocupación.

—Como un nativo —le aseguré. Los dos fruncieron el entrecejo en señal de desaprobación.

—¿Por qué no te quedas en casa con nosotros? —inquirió Sam. A él le parecía lógico. A mí no tanto, considerando la alternativa. Aunque para entonces ya debía estar escarmentada, Peter Baker me gustaba, a pesar de ser consciente de que no me convenía. Al fin y al cabo, aunque no lo parecía, era el enemigo, y me lo había pasado muy bien con él en París.

—No puedo quedarme con vosotros —le expliqué a Sam—. Irás al cine con tu hermana.

—No, yo no pienso ir —se negó Charlotte, mientras me fulminaba con la mirada—. He quedado con unos amigos en la playa a las nueve.

Odio los trece años. Después vienen los catorce y los quince. Eso sólo era el principio.

—Esta noche no —dije con firmeza. No quise seguir discutiendo y me encerré en el cuarto de baño para lavarme el pelo antes de salir.

La canguro llegó a las siete y cuarto y, poco después, Sam y Charlotte se marcharon con ella en el coche con cara de pocos amigos. Se iban a cenar y a ver la última película violenta que Sam ya había visto tres veces. Tras despedirlos desde el porche, recé para que el maldito perro no viniera a dejar uno de sus presentes en el porche antes de que viniera Peter.

Cuando éste llegó, yo lucía un vestido de lino blanco y un collar de turquesas, iba bien peinada y llevaba las uñas de los pies pintadas con laca roja. Roger no me habría reconocido, ya no era el adefesio al que había dejado por Helena. Y tampoco era Helena, sino yo misma. Sentía un nudo en el estómago, tenía la palma de las manos sudadas y no sabía de qué iba a hablar con Peter. En cuanto lo vi, comprendí que tenía un problema. Era demasiado guapo y listo, estaba demasiado seguro de sí mismo. Vestía vaqueros blancos, camisa azul y llevaba unos mocasines Gucci perfectamente lustrados.

Conseguí hablar de temas triviales mientras me recordaba que yo no era un caso perdido y que los maridos de mis amigas todavía me consideraban atractiva. Eso tenía que significar algo. Sin embargo, no entendía qué demonios veía ese hombre en mí, aunque él no podía saber que antes me encantaban los camisones viejos de franela y tampoco conocía a Roger, así que nadie pudo decirle lo aburrida que era. Además, ya habíamos ido al Louvre juntos y al Ritz a tomar martinis. Nadie le había amenazado con una pistola en la cabeza. Por alguna razón, me había llamado. Y ni siquiera podía decirse que eso fuera una primera cita. Ya habíamos salido, en París, así que la cosa iba a ser muy fácil, ¿o no? ¿A quién estaba engañando? Hubiera preferido someterme a un trasplante de hígado, ya que todo lo relativo a las citas me resultaba cada vez más complicado.

Empezamos tomando una copa de vino y me las arreglé para no derramarlo y mancharlo a él o a mí. Dijo que le encantaba mi vestido y que siempre le habían gustado las turquesas, sobre todo en una mujer morena. Hablamos de su trabajo, de Nueva York, y de personas que los dos conocíamos en los Hamptons. Desde luego se trataba de una conversación muy adulta, y para cuando llegamos al restaurante, el nudo de mi estómago casi había desaparecido. La cosa iba viento en popa.

En el restaurante pidió un martini y esperé a que se emborrachara, pero no lo hizo. Me habló de sus veranos en Maine cuando era niño y yo le conté un viaje que hice a Italia en la adolescencia y la primera vez que me enamoré. Luego habló de su ex mujer y su hijo y yo me abstuve de decirle que Roger era un perdedor. No quería que pensara que odiaba a los hombres, porque no era así. Sólo odiaba a Roger, y eso era bastante reciente.

Hablamos sobre muchas cosas sin dejar de reír, mientras pensaba en lo diferente que era de todos los hombres que había conocido. Era sensato y cariñoso, abierto y simpático. Dijo que le gustaban los niños, e incluso pareció sincero. Me contó que había tenido un velero en San Francisco y que estaba pensando en comprarse otro. Reconoció su debilidad por los coches rápidos y las mujeres lentas, y nos reímos de nuestras respectivas historias con las citas. Era evidente que muchas de las personas con las que ambos habíamos salido después de divorciarnos tenían mucho en común. Incluso le confesé lo que sentía por Helena y lo mucho que me afectaba el verla.

—¿Por qué? —preguntó con amabilidad—. Por tus palabras, parece una idiota, casi tanto como tu marido por dejarte por alguien como ella.

Intenté explicarle que yo me había abandonado, que había permitido que mi vida girara en torno a actividades como llevar a los niños al ortodoncista o al parque, aunque omití que ahora se centraba en las manicuras y en llevar a los niños a McDonald's. Supuse que esperaría algo más que eso, como que fuera cirujana cardiovascular o física nuclear, algo emocionante y atractivo. Sin embargo, parecía conformarse con el vestido blanco y el collar de turquesas. Cuando volvimos a casa ya era medianoche, y al entrar me horroricé al ver que los niños seguían despiertos y estaban viendo la televisión en el salón, con el perro en el sofá al lado de Sam. La canguro dormía en mi habitación.

—Hola. —Charlotte miró a Peter con desconfianza cuando los presenté. En cuanto a Sam, parecía no creer que Peter estuviera allí conmigo. Pensándolo bien, yo tampoco lo creía. ¿Qué hacía ese hombre en nuestro salón, conversando con mis hijos sobre el programa que estaban viendo? Ni siquiera parecía asustado o intimidado por las miradas furibundas de Charlotte. De pronto Sam dijo con naturalidad:

—Has vuelto a pisarlo, mamá.

Me miré los pies y, al ver las huellas pastosas detrás de mí, sonreí a Peter y le expliqué:

—Es el perro del vecino. Alquiló la casa de al lado al mismo tiempo que nosotros. Su perro se instaló aquí cuando nos mudamos y suele dormir con Sam.

Mientras hablaba, me quité los zapatos y me dispuse a limpiar el suelo. Habría matado al animal, pero no quería que Peter creyera que odiaba a los perros por si acaso tenía uno. En realidad no quería que odiara nada en mí. Y entonces me pregunté por qué me importaba. Al fin y al cabo, ¿cuántas veces iba a verle? Quizá nunca más, sobre todo si Charlotte y Sam se salían con la suya. Entretanto, mi hija le observaba con la mirada más fría que la nevera que nos habían reparado por la mañana.

Ofrecí a Peter una copa de vino, pero prefirió una cocacola y nos quedamos hablando en la cocina, mientras los chicos monopolizaban el salón. Al cabo de un rato, desperté a la canguro y le pagué. Peter se ofreció a llevarla a casa, pero ella tenía coche. Cuando se marchó, nos quedamos en el porche y él me preguntó si quería jugar al tenis a la mañana siguiente. Exagerando un poco, le expliqué que el tenis no se me daba muy bien, pero él dijo que tampoco era Jimmy Connors. Además de estar tan seguro de sí mismo, era humilde. Parecía sentirse a sus anchas, aunque tenía razones para ser así. Era guapo, inteligente y encantador. Y tenía trabajo, lo cual era reconfortante. Dijo que me recogería a las diez y media.

—¿Quieres traer a los niños? Pueden jugar en otra pista, o podemos jugar un partido de dobles.

—Está bien —contesté vacilando. Lo cierto es que no tenía donde dejarlos, ya que la canguro trabajaba de día. Así pues, no me quedaba más remedio.

Se marchó con su Jaguar plateado y yo entré en la casa para apagar la televisión y decirles a los niños que se fueran a la cama. El perro se fue directo a la cama de Sam, incluso antes que éste. Charlotte se quedó para expresar su opinión sobre Peter. Me moría de ganas de oírla.

—Es un plasta —sentenció, mientras dudaba entre defenderlo o fingir que no me importaba. En cualquier caso, sabía que iba a tener problemas. Si le demostraba que me importaba, despertaría su interés. Pero si no lo demostraba, Charlotte le declararía la guerra.

—¿Por qué? —pregunté con indiferencia mientras me quitaba el collar de turquesas.

—Llevaba unos Gucci.

¿Y qué se suponía que debía llevar? ¿Botas de montaña o unas Nike? Sus zapatos me gustaban, al igual que la camisa azul y los vaqueros blancos. Tenía un aspecto limpio y atractivo. Con eso me bastaba.

—Es un imbécil, mamá. Sólo te ha invitado a salir para aprovecharse de ti.

Era una observación interesante. Ahora bien, él había pagado la cuenta del restaurante, así que si pretendía «aprovecharse de mí», no me había dado cuenta. Y si Charlotte estaba pensando en otras maneras de aprovecharse de mí, tampoco me habría importado.

—Sólo me invitó a cenar, Char, no me pidió mi declaración de la renta. ¿Cómo puedes ser tan cínica a tu edad?

Quizá lo había aprendido de mí. Al escucharla me sentí culpable. Tal vez había hablado de Roger demasiado abiertamente, aunque por otro lado lo merecía; de momento, Peter no. Pero eso sólo fue la primera escaramuza.

—¿Es gay? —preguntó Sam con interés. Acababa de descubrir la palabra, aunque todavía no entendía muy bien su significado y la empleaba siempre que podía. Le respondí que no.

—Podría serlo —intervino Charlotte, y luego añadió—: Quizá su mujer le dejó por eso. —Tenía la sensación de estar escuchando a mi madre.

—¿Cómo sabes que le dejó ella? —pregunté a la defensiva.

—¿O sea que la dejó él? —inquirió la defensora de la mujer ultrajada, la Juana de Arco, blandiendo una cocacola en lugar de un sable.

—No sé quién dejó a quién, y creo que no nos importa. Y por cierto —añadí con falsa naturalidad—, mañana iremos a jugar al tenis con él.

—¿Qué? —exclamó Charlotte mientras yo arropaba a Sam y al perro. Luego me siguió a mi dormitorio, donde yo casi había olvidado que dormía conmigo—. ¡Odio el tenis!

—No es verdad, ayer te pasaste todo el día jugando. —Un punto para mí, pero por poco tiempo. Ella era más rápida.

—Eso es distinto. Jugaba con mis amigos. Mamá, es un viejo, seguro que tendrá un infarto y la palmará en la pista. —La chica era optimista.

—No lo creo. Tiene pinta de aguantar al menos un par de sets. Y además, no le haremos correr demasiado.

—No pienso ir. —Se tumbó en la cama y me fulminó con la mirada. Me entraron ganas de estrangularla y lo único que me detuvo fue mi fobia a las cárceles.

—Ya lo hablaremos por la mañana —dije quedamente, me metí en el cuarto de baño y cerré la puerta. Me miré al espejo. ¿Qué estaba haciendo? ¿Quién era ese hombre? ¿Y qué importaba si les caía bien a los chicos? Sólo había salido dos veces con él y ya estaba intentando vendérselo a Sam y Charlotte. Habían aparecido todas las señales de peligro. Veía los indicios de una historia de terror. Quizá Charlotte tenía razón, y lo mejor era anular lo del tenis. Además, si Peter no les caía bien a mis hijos, ¿qué sentido tenía iniciar una relación con él? ¿Una qué...? Cerré los ojos y me mojé la cara con agua fría para reprimir mis pensamientos. Ya oía los leones en el coliseo relamiéndose los labios y preparándose para devorarme.

Me puse el camisón, apagué las luces y me acosté. Charlotte me esperaba. Aguardó a que me acostara y apagara la luz. Cuando habló, me recordó a la niña de *El exorcista*.

—Te gusta mucho, ¿verdad?

—Ni siquiera le conozco. —Quería hacerme la inocente, pero incluso yo me di cuenta de lo sola que me sentía. Además, Charlotte tenía razón: me gustaba.

—¿Entonces por qué nos obligas a jugar al tenis con un desconocido?

—Si no quieres, no juegues con él. Llévate un libro. Puedes leer el libro que te asignaron como lectura de verano en la escuela. —Sabía que con eso se callaría. Farfulló un rato, me dio la espalda y a los cinco minutos se durmió.

Peter llegó a las diez y cuarto de la mañana siguiente. Iba vestido con pantalón corto y camiseta blanca, y llevaba una raqueta de tenis. Fingí pasar por alto el hecho de que nunca había visto unas piernas tan bonitas. Deseé que las mías estuvieran a la altura, mientras le sonreía y abría la puerta mosquitera. Sam estaba sentado a la mesa de la cocina, comiendo cereales y bebiendo cocacola. Lo suyo era una auténtica adicción.

—¿Has dormido bien? —preguntó Peter con una sonrisa.

—Como un tronco.

Hablamos un rato mientras Sam tiraba los cereales en el fregadero y lo salpicaba todo. Charlotte entró en la cocina y, aunque nos miró a todos con odio, llevaba la raqueta en la mano.

Peter había reservado dos pistas en un club situado cerca de casa, uno muy elitista del que Roger siempre había querido hacerse socio, pero que por supuesto no pudo, ya que sólo admitían parientes de los socios. Roger habría odiado a Peter: era todo lo que él no podía ser.

Nada más llegar, Charlotte propuso que jugáramos un partido de dobles. Enseguida comprendí que íbamos a tener problemas. Peter creyó que estaba siendo amable, y ella insistió en ser mi pareja. Así pues, a Peter le tocó jugar con Sam, que estaba aprendiendo y se había mareado en el coche. En cuanto empezamos, Charlotte fue por Peter. Lo hizo picadillo. Nunca la había visto jugar tan bien, ni con tanta energía y agresividad. Si hubiese estado preparándose para los Juegos Olímpicos, me habría sentido orgullosa de ella, pero tal y como se dieron las cosas me sorprendió que Peter no le pegara con la raqueta ni intentara matarla. Charlotte estuvo implacable. Cuando terminamos, Peter le sonrió.

—Tu hija juega muy bien —comentó sin parecer inmutarse por su conducta.

Yo deseaba estrangularla y me alegré cuando vio a unos amigos en el bar y preguntó si podía ir con ellos. Le dije que sí si se llevaba a Sam, a lo que se negó. Entonces le pedí perdón a Peter por su actitud en la pista.

—Fue divertido —comentó con aparente sinceridad, y por primera vez sospeché que estaba loco.

—Trataba de decirte algo —musité a modo de disculpa, y él se echó a reír.

—No necesita hacerlo. Soy bastante inofensivo, ¿sabes? Es una chica lista, y seguro que está preocupada y quiere saber quién soy y qué hago aquí. Es normal. Pero te advierto que me encanta Sam. —Me encantó que dijera eso. Por un momento imaginé que se hacían amigos, pero enseguida deseché la idea. No tenía sentido hacerme ilusiones.

Charlamos un rato y después comimos con Sam, mientras que Charlotte se quedó con sus amigos en la terraza y pareció olvidarse de Peter. Tras machacarlo en la pista, había perdido todo interés en él y ahora estaba pendiente de dos chicos de catorce años del grupo.

Después de comer, Sam se fue a nadar a la piscina y nosotros nos sentamos junto al borde para vigilarlo. Peter y yo hablamos de todo un poco y nos sorprendió comprobar que compartíamos las mismas ideas políticas y nos gustaban los mismos libros y las mismas películas. ¿Qué más puede haber? En realidad, nada. También nos gustaba el hockey, y éramos seguidores del mismo equipo desde hacía tiempo. Además, habíamos visitado los mismos lugares en Europa. Prometió llevarme a navegar. Le hablé de una exposición en el Museo Metropolitano y de inmediato se ofreció a acompañarme.

Fue un fin de semana espléndido, al igual que los dos siguientes. Aunque Charlotte seguía pensando que era un pesado, sus quejas se hicieron menos vehementes. Ese verano los niños pasaron muchas noches con la canguro. Peter incluso cenó conmigo un par de días entre semana y después se quedó a dormir en un hotel. Desde luego, no tenía nada que ver con la clase de hombres con los que había salido hasta aquel momento. Era humano.

Para entonces nos habíamos dado unos cuantos besos, pero nada más, y cuando cada noche volvía a casa, Charlotte me esperaba con diligencia para interrogarme. Yo entraba flotando en la nube en que me había dejado Peter y, en cuanto me encontraba con la mirada de Charlotte, sentía como si me echaran un jarro de agua fría.

—¿Y bien? —solía empezar—. ¿Te ha besado?

—Claro que no.

Me sentía como una imbécil mintiéndole, pero ¿cómo se le dice a una hija de trece años que su madre ha estado besándose con un hombre en su Jaguar? La gente de mi edad lo llama «morrearse». Por supuesto, podría haberle ofrecido una historia de la terminología empleada a lo largo de la historia para referirse a los intercambios sexuales inofensivos, pero la conocía demasiado bien. No se lo tragaría. Me parecía más sencillo mentirle. Además, estaba convencida de que, pasara lo que pasara, e hiciera lo que hiciera, una mujer siempre debía comportarse como si todavía fuera virgen. Cuando iba a la universidad, ya estaba convencida de ello, y a Roger siempre le parecía divertido.

Pero Charlotte no se dejaba engañar.

—Mientes, mamá, lo sé.

Pues muy bien, sí, es verdad. ¿Y qué? En ese momento no había razón alguna para creer que la cosa pasaría de ahí, así pues, ¿qué sentido tenía hacer una confesión? Peter nunca me había pedido que me quedara a dormir con él en el hotel y yo tampoco se lo había propuesto. Además, tenía que volver para pagar a la canguro, cuyos padres me habrían matado si no la hubiese mandado a casa, y mis hijos también. Volver a mi casa para enfrentarme al interrogatorio de Charlotte era peor que regresar a la de mis padres cuando era adolescente.

—Sé que lo harás con él, mamá —me acusó finalmente a finales de agosto, y por aquel entonces empecé a creer que tenía razón. Como siempre, su percepción extrasensorial no le fallaba. Esa noche, al salir del restaurante, nos dejamos llevar un poco y nos excedimos más de la cuenta, pero por suerte los dos entramos en razón. Charlotte debía enorgullecerse de mí en lugar de mirarme de aquella manera.

—Charlotte —dije con calma, tratando de no pensar en las manos de Peter deslizándose suavemente por mi blusa y en las sensaciones que había vuelto a despertar en mí—, no voy a *hacerlo* con nadie. Además, se supone que no debes decir esas cosas, soy tu madre.

—¿Y qué? Helena siempre está paseando desnuda delante de papá y después se meten en el dormitorio y cierran la puerta con llave. ¿Y qué crees que significa eso? —Otro jarro de agua fría. No quería saber nada de lo que Roger hacía con Helena.

—Eso no nos incumbe, ni a mí ni a ti —repliqué con firmeza, pero no era tan fácil amilanar a Charlotte.

—Creo que estás loca por él, mamá —dijo sonriendo maliciosamente.

—¿Por quién? ¿Por papá? —No pensaba en Roger desde hacía años.

—No, mamá... me refiero a Peter.

—Bueno, me cae bien, nada más. Es buena persona, y nos gusta estar juntos. Eso es todo —mentí.

—Claro, claro... y cuando menos te enteres, estarás haciéndolo con él.

—¿Qué hará? —preguntó Sam, entrando en el salón con el maldito perro. Los dueños debían de pensar que se había ido el mes entero de acampada—. ¿Qué hará? —insistió mientras se servía una cocacola. Era tarde, pero dijo que había tenido una pesadilla. Yo también. La mía se llamaba Charlotte. En la Inquisición española le habrían asignado un lugar de honor.

—Le dije a mamá que iba a hacerlo con Peter, si es que no lo ha hecho ya.

—¿Qué hará? —gritó a su hermana, exasperado, mientras yo intentaba mandarlos a la cama, pero era inútil.

—Acostarse con él —respondió Charlotte, mientras yo echaba al perro por la puerta mosquitera con la esperanza de que vaciara la vejiga o lo que fuera en el jardín en lugar de hacerlo en las alfombras del salón.

—¡No me acuesto con nadie! —exclamé mandándola callar—. ¡Y ahora mismo os vais los dos a la cama!

—Claro, mamá, deshazte de nosotros y así no tendrás que contarnos qué ocurre con Peter —repuso Charlotte con acritud, fingiendo sentirse ofendida.

—No ocurre nada con Peter, pero seguro que os ocurrirá algo a vosotros si no os vais a la cama ahora mismo. Vamos, ya está bien.

Charlotte me fulminó con la mirada y se retiró, mientras que Sam bostezó, derramó la cocacola al dejarla en la mesa y salió al jardín a buscar al perro. Los dos volvieron enseguida y, al entrar, el animal se alegró tanto de verme que empezó a menear el rabo y derramó lo que quedaba en la lata de cocacola.

Arropé a Sam en la cama y me senté en el sofá del salón con un suspiro. Poco después, me fui a la habitación con Charlotte. Me resultaba difícil mantener un romance, con los niños atormentándome de ese modo. ¿Y cómo podía explicárselo? Cada vez era más evidente que Peter nunca lograría formar parte de la vida familiar. Podíamos ir a cenar, salir con los niños de vez en cuando e incluso estar en casa, pero jamás podría quedarse a dormir conmigo bajo el mismo techo que mis hijos. Estaba segura de que en ese caso Charlotte llamaría a la brigada antivicio. Bueno, pensé apenada, mientras apagaba las luces, quizá algún día. Cuando Sam fuera a la universidad.

Inevitablemente las predicciones de Charlotte resultaron ser ciertas. Peter se enteró de que los niños iban a pasar el fin de semana con su padre y propuso visitarme. Supuse que se alojaría en el hotel de siempre, por lo que me sorprendió cuando me pidió que le acompañara al hotel.

—Yo... Bueno, no suelo... Es que... —mascullé, avergonzada pese a los avances que habíamos realizado desde principios de agosto. Pero tras recordarme a mí misma que era una mujer adulta y que Charlotte no tenía por qué enterarse, me sorprendí al preguntarle en voz baja—: ¿Por qué no te quedas a dormir aquí? Me encantaría.

Sabía que estaba sonriendo al otro lado del hilo telefónico. Y cuando colgué el auricular, yo seguía ruborizada. A mi edad era ridículo ser tímida con esas cosas. En fin, quizá fuera ridículo, pero cuando le vi llegar en el coche, me sentí como una adolescente que se había escapado de casa y a la que la policía estaba a punto de atrapar. Me puse unos vaqueros rosa, una camisa del mismo color y un par de zapatillas nuevas también rosas. Había tirado las viejas. Cuando me miré en el espejo, pensé que parecía una masa enorme de algodón de azúcar, aunque a Peter no pareció importarle.

Nada más entrar en la casa me besó y dejó la maleta en el suelo. Ese único gesto me pareció de lo más ominoso y un símbolo de un gran compromiso. ¿Y si me acobardaba y no quería «hacerlo»? ¿Y si cambiaba de opinión? ¿Y si Sam y Charlotte en realidad no se habían marchado y estaban escondidos en un armario? Sin embargo, los había visto irse dos horas antes con Roger, lo que me dio el tiempo justo para tomar un baño caliente y dejar de ser una madre para convertirme en una reina del sexo para Peter.

—Hola —dijo, estrechándome entre sus brazos y besándome de nuevo, mientras me preguntaba si se daría cuenta de que estaba nerviosa—. He traído algo para cenar —susurró y luego inquirió, mirándome fijamente—: ¿O prefieres salir? Te advierto que cocino bastante bien, si es que confías en mí.

Sin duda era una cuestión importante, cuya respuesta todavía no conocía. ¿Confiaba en él? La verdad era que sí. Pero ¿debía confiar en él? ¿Y si siempre hacía lo mismo...? Es decir, ligarse a mujeres en pequeños hoteles, salir con ellas un día y después... Ahora bien, ¿qué podía hacerme? ¿Y si en realidad no estaba divorciado, o tenía mil amiguitas en Nueva York y California? Mientras le ayudaba a sacar la compra y él volvía a besarme, esta vez más apasionadamente, decidí que en realidad no me importaba. Estaba loca por él. Y por muy malo que fuera, no podía ser peor que Roger.

Conseguimos meter los filetes y los ingredientes de una ensalada en la nevera. Luego dejó una botella de vino tinto en la mesa y de pronto me olvidé de la compra, ya que empezó a desnudarme lentamente. Sin el menor esfuerzo, nuestra ropa acabó hecha un ovillo en el suelo, mientras nos metíamos desnudos en la cama y el sol se ponía en el horizonte. Jadeante, comprendí que nunca había deseado a nadie como a ese hombre, nunca había confiado tanto en nadie, nunca me había entregado como me entregué a él, ni siquiera a Roger. Estaba hambrienta. Y lo que ocurrió después fue como un sueño. Nos abrazamos y hablamos durante largo rato, nos besamos, susurrando y soñando, y descubrimos cosas el uno del otro que ambos anhelábamos descubrir. No nos acordamos de la cena hasta pasada la medianoche.

—¿Tienes hambre? —preguntó con voz ronca mientras se volvía hacia mí y yo le acariciaba la piel.

—Dios mío, Peter... ¡Otra vez, no! —musité.

Sonrió y luego me besó.

—Me refiero a cenar —aclaró.

Me sentía extrañamente tímida con él y, sin embargo, también muy cómoda. Todo era tan nuevo y diferente de lo que había conocido hasta entonces. Tenía una manera tan tierna de mirarme. No obstante, nos habíamos hecho amigos antes de ser amantes, y eso me gustaba.

—¿Quieres que prepare algo para comer? —pregunté, reclinándome en la cama, y lamenté no poder quedarnos allí para siempre.

—Creía que yo prepararía la cena. —Volvió a besarme y, por un momento, pensé que íbamos a empezar de nuevo, pero los dos estábamos exhaustos y hambrientos.

Finalmente decidimos prescindir de los filetes y preparar una tortilla de jamón y queso, con la que Peter rozó la perfección, y una ensalada. Tenía razón. Era casi tan buen cocinero como amante.

Después fuimos a dar un paseo por la playa y, tras volver a casa, nos quedamos dormidos abrazados, con la deliciosa novedad que implica el descubrir de qué lado duerme una persona, si le gusta acurrucarse o dormir sola. Peter me facilitó las cosas. Me acercó a él, me tomó entre sus brazos y poco después, mientras nos dormíamos, me pregunté si la espantosa percepción extrasensorial de Charlotte le revelaría que «lo habíamos hecho». Al pensarlo abrí los ojos y miré a Peter. Sonreí; estaba tan guapo, dormido a mi lado. Lo siento, Charlotte.

Al día siguiente repetimos. Hicimos el amor al despertar y después le preparé el desayuno. Nadamos, charlamos, comimos, dimos largos paseos. Pasamos casi todo el tiempo en la cama y al acabar el fin de semana sentí que una parte de mí le pertenecía, sin duda más de lo que yo quería y de lo que me hubiese atrevido a reconocer. Estaba enamorándome de él. No, no es así. En realidad ya me había enamorado de él. Todo había sido tan dulce y agradable, tan correcto, tan tierno. Estaba vendida.

El lunes por la noche, cuando me llevó a la ciudad después de cerrar la casa, me comentó que en septiembre pasaría un tiempo en California.

—¿Sueles ir a California? —pregunté, ignorando si trataba de decirme que nuestra breve aventura de verano se había terminado o si sencillamente era algo a lo que tendría que acostumbrarme. Supuse que sería capaz de acostumbrarme a cualquier cosa por él. No me había sentido así desde la adolescencia, pero no quería que él se diera cuenta. Me sentía avergonzada, ya que sólo hacía dos meses que le conocía. ¿Cómo podía ocurrirme algo así? A esas alturas debía estar escarmentada. Después de estar casada trece años con un hombre en que confiaba y al que amaba, él se las había arreglado para mirarme a los ojos y decirme que se largaba. Seguro que éste acabaría haciendo lo mismo. Lo sabía. Era una mujer adulta. Así que supuse que el anuncio de que se marchaba a California tenía un significado más profundo. Sin embargo, habló con total naturalidad, y cuando nos detuvimos delante de mi casa, me besó.

—No pasa nada, Steph —dijo, como si percibiera mi pánico—. Y no te preocupes por mi viaje. Sólo serán dos semanas. —Mi corazón latió con fuerza. Peter parecía entender lo que sentía y me di cuenta de que iba a echarle de menos—. Pero tengo una sorpresa para ti mientras esté fuera. Ni siquiera te acordarás de mí.

—¿Qué es? —pregunté inocentemente, aliviada por lo que acababa de oír: se iba a California, pero no quería romper la relación. Al menos todavía. No pude evitar sentir curiosidad por la sorpresa. Se lo pregunté mientras me ayudaba a subir las maletas. Como siempre, el portero se había largado nada más verlas.

—Ya verás —susurró Peter misteriosamente—. No estarás sola ni un minuto —prometió. Se marchaba al cabo de dos días, lo que nos dio un poco de tiempo para disfrutar de Nueva York juntos.

La noche antes de marcharse, me llevó a cenar al Veintiuno, donde todo el mundo lo conocía. Después fuimos a su casa e hicimos el amor. Fue todavía mejor que la primera vez. El tiempo que pasaba con Peter era mágico y lamenté recordar que se iba a la mañana siguiente. Esa noche los niños se fueron a casa de Roger y Helena, y cuando por la mañana Peter me dejó en casa, me dijo que me amaba. Yo le contesté que también. Eso ocurrió antes de saber en qué consistía la sorpresa. Lo había olvidado. De pronto había dejado de ser importante ante lo que acababa de decirme. Me amaba. Pero ¿eso qué significaba?

[illegible]

[illegible]

[illegible]

Cuando [illegible]

[illegible] muy bien [illegible], no hubo ninguno de los inconvenien-tes [illegible] tuve con [illegible]. Fue [illegible] magnífico.

Pero había [illegible] muy pocos [illegible]

[illegible]

4

Peter me llamó desde el aeropuerto antes de marcharse. Parecía estar de buen humor. Aludió vagamente a la sorpresa y tuvo que colgar enseguida para no perder el avión.

Cuando se fue, me dejó con una sensación extraña. En el poco tiempo que habíamos pasado juntos me había acostumbrado a él de un modo sorprendente. Aunque la relación tenía los elementos de un maravilloso romance, me sentía tan cómoda y relajada que era casi como si estuviéramos casados. Me encantaba estar con él. Nunca había habido alguien como él en mi vida, ni siquiera Roger. Esto era muy distinto. Peter era más adulto, respetuoso, cómodo y apacible en muchos aspectos. Nos divertíamos, solíamos reír, no dejábamos de hablar y lo pasábamos muy bien juntos. Además, no había ninguno de los inconvenientes ni decepciones que tuve con Roger. Peter era magnífico.

Peter había conquistado a Sam unas semanas antes, pero con Charlotte era inútil. Seguía atribuyéndole las peores intenciones y no perdía ocasión de ponerlo en entredicho, seguramente porque yo le gustaba y me hacía feliz. Él era consciente de su hostilidad, pero no parecía molestarle, lo que para mí lo convertía en un héroe. Por mucho que ella lo maltratara, ya fuera sutil o abiertamente, él siempre se lo tomaba bien. No parecía importarle. Se mostraba de lo más comprensivo y, además, parecía que mis hijos le caían bien.

El día de su marcha Charlotte me comentó lo mucho que se alegraba de que Peter se hubiera ido y dijo que esperaba que se estrellara su avión. Mientras describía las llamas que lo devorarían, sonó el timbre de la puerta. En ese momento yo estaba cocinando. Me sentía irritada por las palabras de mi hija, ya que sabía que Peter todavía estaba en el avión rumbo a California, o al menos eso creía. Es decir, hasta que abrí la puerta, ataviada con un delantal y llevando un cucharón en la mano. Hacía una semana que la escuela había empezado y Sam estaba en su dormitorio haciendo los deberes. Cuando sonó el timbre, Charlotte se escondió en su habitación como si supiera lo que iba a pasar.

Me sorprendió que el portero no anunciara a nadie y supuse que no lo habría visto o que tal vez era un vecino que venía a entregarme un paquete. Por supuesto, no estaba preparada para lo que vi cuando abrí la puerta. Era Peter, vestido como nunca había visto a nadie y, desde luego, tampoco a él. Llevaba pantalones de satén verde fluorescente, muy ajustados y sorprendentemente reveladores, camisa transparente negra y brillante, y un par de botas de vaquero de satén negro que había visto en un anuncio de Versace. Recuerdo que me pregunté quién demonios sería capaz de ponerse algo así. Llevaba el pelo peinado hacia atrás. Sin duda era él, y estaba gastándome una broma. No se había ido de viaje. Se había quedado y disfrazado, aunque no fuera carnaval. Su atuendo no tenía nada que ver con los vaqueros blancos inmaculados, los pantalones perfectamente planchados y las camisas azules que tanto me gustaban.

Le eché los brazos al cuello y me reí. Era una broma genial y me encantó.

—¡Estás aquí! ¡Y menudo disfraz!

Me fijé en que no llevaba la misma loción para después del afeitado. A pesar de que era mucho más fuerte y me hizo estornudar, me gustó. Me siguió a la cocina, caminando con un aire muy arrogante. Meneaba las caderas, y vestido con esa ropa parecía una mezcla de Liberace, Elvis y Michael Jackson que estuviera a punto de subir a un escenario de Las Vegas.

—¿Te gusta? —preguntó sonriendo, sin duda satisfecho con mi reacción.

—Es una auténtica sorpresa... Pero lo que más me gusta es que estés aquí.

Dejé el cucharón en la encimera y sonreí, mientras lo observaba deambular por mi cocina. Me moría de ganas de que lo vieran los niños, sobre todo Charlotte, que poco antes se había estado quejando de lo conservador y aburrido que era. Desde luego, aquel traje no tenía nada de aburrido.

—Te avisó de que iba a venir, ¿no? —preguntó, sentándose a horcajadas en una silla de la cocina y metiéndome mano debajo de la falda. Nunca había hecho nada semejante estando los niños en casa. Por suerte, los dos se encontraban en sus habitaciones haciendo los deberes.

—¿Quién? —pregunté atónita. Nadie había estropeado la sorpresa, ¿cómo iban a hacerlo? Todavía no conocía a ninguno de sus amigos. Era demasiado pronto y él no había tenido tiempo para presentármelos.

—Peter —contestó, mientras me acariciaba la otra pierna y yo me apartaba con suavidad. No quería que lo vieran los niños si entraban. Podían escandalizarse, aunque lo que sentía era muy agradable.

—¿Qué Peter? —Su aspecto y su conducta, además del hecho de estar allí, eran tan extraños que no podía concentrarme en lo que decía. Todavía no me había repuesto de que no estuviera en California y, desde luego, me alegraba de ello.

Me hablaba como a un niño, con paciencia, mientras yo evitaba sus manos y lo miraba, intentando entender lo que decía.

—¿Peter no te dijo que iba a venir?

—Qué gracioso. No, no me avisaste de que ibas a venir. Me dijiste que te ibas a San Francisco y estoy encantada de que no lo hayas hecho.

—Me fui —aseguró con una sonrisa cándida—. Es decir, él se fue. Esta mañana. Me dijo que viniera a la hora de cenar porque tenías que ir a recoger a los chicos a la escuela.

—Eres increíble —susurré, y me eché a reír—. ¿Insinúas que no eres Peter? ¿En eso consiste el juego? —Desde luego era muy ingenioso, y lo encontré divertido. Parecía tan distinto que era perfecto.

—No pretendo nada. Tardaron años en perfeccionarme. Al principio sólo fue un experimento, pero salió tan bien que quiso compartir el secreto contigo.

—¿Qué secreto? —Empezaba a sentirme algo confusa. Tal vez estaba hablando en clave, y quizá el disfraz tenía algo que ver. Era genial. Los pantalones verdes fluorescente parecían estar a punto de arder mientras él caminaba por la cocina.

—¡Yo soy el secreto! —exclamó con orgullo—. ¿No te dijo nada antes de marcharse? —Los dos sonreíamos.

—Me dijo que tendría una sorpresa —contesté, siguiéndole el juego sin pretenderlo. La verdad es que era difícil no hacerlo.

—Yo soy la sorpresa... y el secreto. Lo clonaron.

—¿Quién lo clonó? ¿Quién clonó a quién? ¿De qué estás hablando? —Aunque sonreía, estaba nerviosa. Era desconcertante. Empezaba a preguntarme si tenía un hermano gemelo, o un sentido del humor mucho más inusual de lo que sospechaba. Aquellos pantalones eran el primer indicio.

—El laboratorio —añadió, mientras abría los armarios como si buscara algo—. Seguro que Peter te comentó que se dedica a la biónica. De momento soy el experimento con el que ha tenido más éxito.

—¿Se puede saber qué estás buscando? —pregunté, pues estaba vaciando los armarios, empeñado en encontrar algo.

—El whisky.

—Pero si no bebes whisky —le recordé, preguntándome si eso también formaba parte de la broma. De pronto se me ocurrió una idea aterradora. ¿Y si era esquizofrénico o tenía personalidad múltiple? ¿Podía ocurrir algo así? Tal vez, a pesar de lo cariñoso y fantástico que era, estaba loco; quizá no había ninguna empresa de ingeniería genética en San Francisco, ni tampoco una ex mujer o un hijo ni nada de eso. Empecé a asustarme mientras él se servía un whisky. La situación había dejado de ser divertida. Era demasiado convincente.

—¿Qué estás haciendo? —Peter ya se había llenado el vaso y yo sólo podía pensar en aquella película de Joanne Woodward en que tiene un montón de personalidades. La había visto de pequeña y me había aterrorizado. Sin embargo, la realidad era incluso más horrible. Por si fuera poco, Peter parecía creer todo lo que decía.

—Él no bebe whisky —admitió mientras volvía a sentarse. Ni siquiera se molestó en añadirle agua, soda o hielo, se lo bebió como si fuera cocacola—. Pero yo sí —aclaró tras beberse medio vaso de un solo trago—. Él bebe martini.

—Peter, ya está bien. Me alegro de que estés aquí. Es una sorpresa maravillosa, pero basta ya. Me estás poniendo nerviosa.

—¿Por qué? —Parecía molesto y, tras beber otro trago de whisky, eructó y se secó la boca con la manga—. No te pongas nerviosa, Steph. No se trata de un juego. Esto es un regalo de Peter para ti. Me envió desde California.

—¿Y cómo te enviaron? ¿En un ovni conducido por extraterrestres? Peter, ¡basta ya!

—No me llamo Peter. Soy Paul, Paul Clon. —Se puso en pie

e hizo una reverencia, derramando el whisky en sus pantalones fluorescentes, lo que no pareció importarle. Yo estaba fascinada.

—¿Por qué lo haces? —pregunté sonriendo—. Para de tomarme el pelo. Esto es una locura.

—No es una locura, es fantástico —replicó con orgullo—. Hace diez años nadie habría podido hacerlo. Si existo, es gracias a su trabajo de investigación, es un genio.

—No, al parecer es un chiflado —repliqué preguntándome si sería su hermano gemelo. En ese caso, sin duda era una manera muy original de presentármelo—. Dime la verdad, ¿eres su hermano?

—No, no soy nada tan mundano. Te aseguro que soy lo que te he dicho. Me llamo Paul y puedo hacer todo lo que él haga... salvo —añadió con tono de disculpa— ponerme pantalones caqui. No los soporto. Al principio intentó programarme para que me gustaran, pero se me estropeaban los sistemas. Ya sabes, la chaqueta, la camisa blanca, todas esas corbatas tan espantosas que lleva... Me provocaba un cortocircuito general, así que ahora me deja elegir la ropa. —Señaló las botas de satén. Era una locura. Después de lo bien que lo habíamos pasado en el último mes, de pronto se había convertido en una pesadilla. Era peor que cuando Roger me dijo que no me amaba. Peter estaba loco.

—Estás del mismo color que mis pantalones —dijo con tristeza—. ¿Es que estás embarazada?

—No lo creo —contesté lánguidamente, sintiéndome mareada. Si se trataba de una broma, era la mejor que había visto. Pero si realmente creía lo que estaba diciendo, significaba que estaba muy enfermo. En ese caso, me había enamorado de un demente.

—¿Te gustaría quedarte embarazada? —inquirió, mientras se servía otro whisky. Le entró hipo y de pronto olí a quemado. Era la cena. Tenía un pollo en el horno y, cuando abrí la portezuela, vi que estaba carbonizado—. No te preocupes, puedo invitarte a cenar. Tengo su tarjeta de crédito. Él no lo sabe —dijo complacido.

—Peter, no me siento bien para salir. Esto no me hace ninguna gracia —repuse, harta de la broma. Pero él parecía pasarlo en grande.

—Lo siento —se disculpó, y al darse cuenta de lo disgustada que estaba, su hipo empeoró. ¿Qué pensarían los chicos cuando le vieran y él les contara esa historia de locos? Uno de los dos estábamos para encerrar en un manicomio, y si Peter no recuperaba la cordura de inmediato, yo misma ingresaría voluntariamente—. Steph, si quieres quedarte embarazada, seguramente me será más fácil a mí que a él —añadió de pronto—. Lo resolvieron el año pasado.

—Me alegro de oírlo, pero de momento no quiero quedarme embarazada. Sólo quiero que te comportes como el hombre del que me enamoré. —Estaba a punto de echarme a llorar, pero no quería hacer el ridículo por si acaso era una broma. Rezaba para que sólo fuera el whisky junto con una faceta de su sentido del humor que desconocía. Se sirvió otra copa mientras yo lo miraba fijamente.

—En realidad soy mucho más amable que él, Steph. Basta con conocerme para quererme. —Soltó una risita nerviosa, dejó el vaso en la mesa y se acercó a abrazarme. De pronto, su presencia volvió a resultarme familiar, pese a la loción para después del afeitado que me hacía cosquillas en la nariz. Apoyé la cabeza en la ridícula camisa negra y le vi el pecho a través de la tela. Llevaba un gran símbolo de la paz de diamantes en una cadena también de diamantes que nunca le había visto. Al ver que me fijaba en él, dijo—: Precioso, ¿verdad? Es de Cartier.

—Creo que estoy al borde de un ataque de nervios.

Necesitaba un Valium. Todavía me quedaban algunos de la última receta que me había dado el médico cuando Roger me dejó, pero no sabía si debía tomar uno. Sin embargo, si seguía cinco minutos más así, seguro que tendría que hacerlo.

—Cariño, mírame —susurró, y pensé que todo había acabado. Volvía a ser el Peter de siempre y había dejado de jugar conmigo. Estaba agotada, Peter había llevado la «sorpresa» demasiado lejos, adquiriendo el tamaño de la nube de Hiroshima—. Estaré aquí dos semanas, mientras él esté fuera. Ya verás qué bien lo pasaremos.

—Me estoy volviendo loca. —Necesitaría mucho más que un Valium para recuperarme. Mi cordura, si no la de él, estaba en juego.

—Te haré tan feliz que ni siquiera desearás que Peter vuelva de California.

—¡Quiero que vuelva ahora mismo! —le espeté, con la esperanza de ahuyentar el espíritu demente que lo poseía y que estaba intentando desabrocharme el sostén mientras me abrazaba—. Quiero que te marches.

—No puedo —replicó con suavidad, recordándome de inmediato la ternura de Peter, y me eché a llorar con la cabeza apoyada en su hombro. Esto era una locura. Estaba enamorada de un auténtico lunático. E incluso aquella nueva faceta me resultaba entrañable—. Le prometí que cuidaría de ti hasta su regreso. No puedo irme, me mataría.

—Seré yo la que te matará si no paras —dije lánguidamente.

—Lo que tienes que hacer es relajarte. Vamos, te ayudaré con la cena. Siéntate un momento y yo ya me ocuparé de todo. Toma, prueba esto, te sentirás mejor.

Me pasó el vaso de whisky y se puso el otro delantal. Mientras lo observaba, empezó a preparar la cena con naturalidad. Me sentí como si los marcianos se hubieran apoderado de mi vida. Añadió media docena de especias a la sopa que tenía en el fuego y puso una pizza congelada en el horno y, sin decir una palabra, preparó una ensalada y pan de ajo. Diez minutos más tarde, se volvió hacia mí con una sonrisa y anunció que la cena estaba lista.

—¿Quieres que llame a los niños? —preguntó amablemente, y bebió otro trago de whisky.

—¿Y qué les digo? —pregunté, desesperada. Me había tomado el whisky. Lo necesitaba mucho más que él—. ¿Vas a seguir con la broma también en la cena?

—Ya se acostumbrarán a mí, Steph, y tú también, te lo prometo. Dentro de dos semanas ninguno de vosotros querrá que él vuelva. Soy mucho más divertido que él. Y cocino mejor, sin mencionar... —Tendió otra vez la mano hacia mi sostén y yo me aparté, horrorizada.

—¡Por favor! Peter... ¡ahora no! —Pero ¿qué estaba diciendo? ¡Nunca! No con ese loco. Peter siempre se había limitado a expresar su pasión en el dormitorio, pero ahora no mostraba la menor inhibición.

—Voy a buscar a los niños, no te muevas —dijo con dulzura y, antes de que pudiera detenerlo, ya estaba en el pasillo llamándolos—. ¡Niños! ¡A cenar!

Sam entró corriendo en la cocina y, al verlo, se paró en seco y esbozó una amplia sonrisa.

—¡Vaya! ¿Así se visten en California?

—En realidad, estos pantalones me los hicieron en Milán el verano pasado —contestó con orgullo—. ¿Te gustan?

—Sí... Son muy modernos. Pero seguro que a mamá no le gustan. —Me miró para ver qué cara ponía, pero yo me sentía demasiado mal para decir nada. Me limité a asentir y sonreír justo cuando Charlotte entraba en la cocina y silbaba.

—¿Qué ha pasado? ¿Es que has ido al Village, Peter? Creía que estabas en California. Pareces una estrella de rock.

—Gracias, Charlotte. —Sonrió mientras llevaba la cena a la mesa—. Tu madre creía que te horrorizarías.

—No, pero seguro que ella sí —dijo mientras se sentaba delante de mí y yo me sentía como si hubiera perdido el control de mi vida en tan sólo unos minutos—. Una vez me compré una camisa así y mamá me obligó a devolverla. Dijo que parecía una furcia. —Bebí otro sorbo de whisky mientras Peter, o Paul, o quienquiera que fuese, cortaba la pizza.

—Te presto la mía, si tu madre me deja —propuso con magnanimidad mientras los chicos alababan la sopa. Aunque estaba demasiado condimentada, les encantó. Y yo que siempre intentaba no hechar demasiadas especias porque a Sam no le gustaban los sabores fuertes y Charlotte siempre se quejaba de mi cocina. Pero en esta ocasión se lo comieron todo y hasta repitieron. En mitad de la cena yo ya estaba borracha.

—¿Qué te pasa, mamá? Tienes mala cara —comentó Sam sin dejar de bromear con el loco que nos había preparado la cena, el hombre conservador, tranquilo y limpio que cuando lo conocí decía llamarse Peter. Empezaba a pensar que se había ido para siempre. O él o yo.

—Estoy cansada —contesté vagamente.

—¿Qué bebes? —inquirió Sam con inusitado interés.

—Té —mentí.

—Huele a whisky —comentó Charlotte mientras ayudaba a recoger la mesa. A mí nunca me ayudaba a recoger a menos que la amenazara de muerte. Bastaron una camisa transparente y unos pantalones verdes para que se ofreciera.

—Tu madre ha tenido un día muy duro —explicó Peter, alias Paul, con suavidad—. Está cansada. Voy a llevarla a la cama temprano —dijo, y los niños ni rechistaron. Charlotte siempre se ponía hecha una furia cada vez que él me invitaba al cine o a cenar, y esta vez ni se inmutó cuando dijo que iba a llevarme a la cama temprano. Toda mi familia estaba poseída por extraterrestres, incluyendo a Peter. Y ni siquiera mi cordura estaba a salvo.

Tras ayudarlo a enjuagar los platos y a ponerlos en el lavavajillas, me dijeron que esperaban que me sintiera mejor y volvieron a sus respectivas habitaciones a hacer los deberes. A ninguno de los dos les sorprendió que Peter se hubiera vuelto loco. Y lo peor era que estaban encantados.

—¿Qué les has puesto en la comida? ¿LSD? Se comportan de un modo tan delirante como tú.

—Ya te dije que les caería bien. Más que él. Cuando alguien se preocupa por ellos, los niños se dan cuenta. Responden a la realidad —añadió mientras iba a la nevera y sacaba una botella de champán que yo guardaba para una ocasión especial. Desde luego, ésa no lo era.

—¿Qué haces? —Pero antes de que pudiera detenerlo ya la había abierto.

—Servirnos una copita antes de irnos a la cama —contestó con una sonrisa maliciosa.

—¿Aquí? ¿Ahora...? —pregunté indignada, pues me negaba a acostarme con él estando los niños en casa. Ya se lo había dicho antes a Peter y creía que lo había entendido—. No puedes acostarte conmigo aquí, Peter, lo sabes. Ni siquiera vestido así. Me niego.

—Tranquila. Dormiré en la habitación de los invitados. Sólo hablaremos un rato, nada más. Tienes que relajarte, Steph, estás demasiado tensa. No te conviene, ¿sabes? A Peter no le gustaría. Me envió aquí para hacerte feliz, no para ponerte nerviosa. —Sin embargo, nunca había estado tan cerca del histerismo. Paul me había desquiciado por completo.

—Los dos estáis locos... Peter y tú. —No sabía si se debía al whisky o al hecho de que fuera tan convincente, pero empezaba a tratarlo como si fuera otra persona—. ¿Cómo puedes hacerme esto?

Había puesto mi vida patas arriba en una sola noche. Y lo peor de todo era que a mis hijos ni siquiera parecía importarles. ¿Qué iban a contarle a Roger cuando lo vieran? ¿Que mamá tenía un novio que estaba loco y bebía litros de whisky? Seguro que me quitaban la custodia de los niños. Mientras lo pensaba, cada vez más nerviosa, él me ofreció una copa de champán y me llevó al dormitorio.

—¿Tienes aceite?

—¿Por qué? ¿Es que también piensas bebértelo? —pregunté bebiendo un sorbo de champán. No estaba dispuesta a desperdiciar un buen champán y era la única manera de hacer frente a lo que estaba ocurriendo.

—Voy a darte un masaje —susurró mientras cerraba la puerta del dormitorio con llave.

—Ahora vas a hacerme el favor de quitarte esa ropa y de volver a ser el de siempre, Peter Baker.

—Paul Clon, cariño. Y claro, me quitaré la ropa, pero después. No queremos asustar a los niños, ¿verdad?

Apuré la copa y, antes de que me diera cuenta, me desnudó y ayudó a acostarme. Luego se fue al cuarto de baño y buscó en el armario una loción corporal que me había comprado en París.

—¡Ésta es perfecta! —exclamó satisfecho, mientras volvía y se bebía el champán directamente de la botella—. ¿Tienes velas?

—¿Por qué? —pregunté, presa del pánico—. ¿Qué vas a hacer con ellas?

—Encenderlas. La luz de las velas te relajará, ya verás.

—Nunca me relajaré, a menos que olvides esta locura —repuse, pensando que lo único que me relajaría sería una estancia en el manicomio.

—Chist... calla.

Apagó las luces y empezó a darme un masaje con la loción francesa a la luz de las velas. Por supuesto, no tenía la menor intención de sucumbir, ni al masaje ni a él, pero de pronto, después de una situación como aquélla, me sentí tan bien y me dolía tanto la cabeza, que de algún modo me dejé llevar. Media hora después, cuando los niños entraron en la habitación, me encontraron enfundada en mi bata, agradablemente aturdida y sentada ante el televisor, como siempre hacía antes de conocerle.

—¿Te sientes mejor, mamá? —preguntó Charlotte, y le pidió tímidamente a Peter o a Paul, si podía ayudarla con los deberes.

Estuvieron juntos durante más de una hora. Entretanto, yo acosté a Sam, pensando que todo había vuelto a la normalidad. Peter parecía ser el de siempre mientras repasaba álgebra con Charlotte, que se comportó de un modo muy civilizado cuando le dio las gracias y se fue a su habitación.

A las diez y media los niños estaban acostados y dormían plácidamente. Peter se sentó en mi cama y me miró esbozando una tierna sonrisa mientras se quitaba la camisa.

—No puedes hacerlo. ¿Y si se despiertan los niños? Peter, de verdad que no puedes dormir aquí —le rogué casi llorando.

—Les dije a los niños que mi casa estaba en obras y que tuviste la amabilidad de ofrecerme la habitación de invitados durante un par de semanas. A ninguno de los dos pareció importarle y Sam incluso me pidió que durmiera en su habitación.

—Pero ¿qué nos está pasando? ¿Qué está pasándote a ti?

Fuera lo que fuera, funcionaba. Por primera vez tuve la sensación de que Peter le caía bien a Charlotte. Quizá fue por la ropa, la cena o por su manera de comportarse, pero la cuestión era que los había conquistado comportándose como un salvaje. Ni siquiera parecía importarles que se instalara en la habitación de los invitados. De hecho, estaban encantados.

Cerró la puerta con llave y, mientras se quitaba sus horribles pantalones, casi sentí que volvía a reconocerlo, hasta que vi los calzoncillos dorados que llevaba, si es que podían llamarse así.

—¿Y eso qué es? —pregunté, incapaz de contener la risa. Había llevado la farsa tan lejos que no pude evitar admirarlo. Sin duda era una locura, pero divertida. Debía admitir que resultaba muy creativo.

—Es un tanga —aclaró.

No sé si fue el tanga o el champán, pero de pronto no podía parar de reír.

—Nunca hubiese pensado que te daría por esas cosas —conseguí decir—. Tienes un sentido del humor increíble. Y yo que creía que eras tan conservador. —De un modo extraño, me gustaba. Había sido una noche de locos, pero cuando se quitó el tanga y lo tiró por los aires, le sonreí y me pareció más irresistible que nunca—. Eres increíble...

Me quitó el camisón, volvió a encender las velas, me sirvió una última copa de champán y me demostró que era el hombre al que conocía y amaba, pero también algo más. Se mostró más romántico, cariñoso y sensual que nunca, y me hizo cosas de las que sólo había leído o con las que había soñado. Era como si ese juego demente que había iniciado conmigo durante la noche hubiera desatado algo salvaje dentro de él que de otra manera no se habría manifestado. Después, mientras permanecíamos abrazados, yo ya no tenía nada que objetar. Nunca habíamos hecho el amor de esa manera y me sentía muy libre.

—¿Cómo decías que te llamabas? —bromeé, sonriéndole.

—Paul —susurró y, mientras volvía a besarme, sonó el teléfono.

—Te amo —le susurré, y cogí el teléfono antes de que despertara a los niños. Era casi la una de la madrugada.

—¿Qué te ha parecido mi sorpresa? —preguntó una voz familiar, mientras yo miraba alrededor, confusa. Era Peter, lo cual era imposible, pues estaba a mi lado, acariciándome la espalda mientras lo escuchaba—. ¿Se ha portado bien? No dejes que se pase demasiado, Steph... o me pondré celoso. —Abrí los ojos desorbitadamente mientras escuchaba aquella voz. Miré a Peter para asegurarme de que seguía allí. Pero la voz del teléfono era idéntica. La conocía muy bien, a menos que se tratara de una grabación delirante y muy bien hecha. Era imposible.

—¿Quién es? —pregunté con voz ronca.

—Soy Peter. ¿No está el clon contigo? —Instintivamente miré a Paul y comprendí que todo era verdad. Peter estaba en California; Paul Clon, en mi cama, me había hecho el amor como nadie hasta entonces y se había pasado toda la noche diciendo la verdad cuando afirmaba no ser Peter. Pero si no era Peter, ¿quién demonios era? Sentí que la habitación empezaba a dar vueltas, miré a Paul, cerré los ojos y me desmayé.

5

A la mañana siguiente desperté totalmente convencida de que los extraterrestres se habían apoderado de mi vida. Cuando abrí los ojos, oí que Paul hablaba por teléfono y encargaba cinco kilos de caviar, una caja de Louis Roederer Cristalle y otra de Château d'Yquem. Y antes de que yo pudiera decir nada, él ya se había acercado a la cama para decirme que hacía una mañana espléndida. Sin embargo, yo no estaba en condiciones de hablar del tiempo con nadie.

Me levanté con una resaca espantosa, cosa que no me sucedía desde hacía años. Supongo que se debió al champán. Mientras me duchaba y trataba de entender lo que había ocurrido, Paul entró en el cuarto de baño y se ofreció a depilarme.

—No, gracias, puedo hacerlo yo sola.

Se sentó en la tapa del retrete a mi lado con una copa de champán en la mano, mientras yo me preguntaba si en lugar de preocuparme por las piernas sencillamente debía cortarme las venas.

Todavía no entendía qué había ocurrido. Recordaba haber hablado la noche anterior con Peter, que supuestamente estaba en California, pero sabía que era muy listo y tenía amplios conocimientos de tecnología. Quizá había preparado la grabación antes de marcharse, y en realidad el que estaba sentado allí, a mi lado, bebiendo champán y fingiendo ser otra persona, era él. Pese a lo rebuscada que era esa historia del clon, le permitía la posibilidad de tomarse ciertas libertades, como practicar determinados juegos eróticos y vestirse de una manera de lo más inusual. Me pregunté si sería el único modo que conocía de liberarse de sus inhibiciones y sospeché que sí. También me pregunté por la clase de neurosis que sufría para necesitar hacer tales cosas. Era algo más que un pervertido, pero al menos lo entendía. La noche anterior había estado a punto de creerle, pero al verlo sentado en mi cuarto de baño, tapado con una toalla, resultaba evidente que era Peter, por mucho que quisiera llamarse de otra manera o vestirse de un modo tan llamativo.

—¿Te sientes mejor? —preguntó al verme salir de la ducha sonriendo. No iba a engañarme con sus juegos, y si ése era el que quería jugar conmigo, yo también podía seguirle la corriente.

—Mucho. —Le di un beso y bebí un sorbo de su champán—. Ayer me divertí como nunca —comenté mientras me secaba el pelo y me fijaba en lo guapo que era.

—Lamento que la llamada de Peter te haya asustado tanto. Entiendo que al principio todo esto te resulte un poco raro, pero en cuanto te hagas a la idea, verás como enseguida te acostumbras. Como Peter viaja tanto, no quería que te quedaras sola. Tardaron más de tres años en hacerme, ¿sabes?, y otro año y medio para resolver los problemas. —No estaba muy segura de a quién se refería, pero entendí que ese día tocaba jugar a «Stephanie y Paul» y que Peter estaba de viaje—. ¿Qué te apetece hacer hoy? —preguntó con amabilidad—. Después de llevar a los niños a la escuela, claro.

—¿No tienes que ir a trabajar? —pregunté esperanzada.

—Iré un día de éstos. A Peter le pone un poco nervioso que vaya a la oficina, pero me siento culpable si no me paso por ahí de vez en cuando. Pero pensé que hoy podíamos tomarnos el día libre... y pasarlo en la cama. —Sonrió de un modo extravagante, apuró el champán y tiró la copa al suelo. El precio de una copa de cristal bueno no era nada a cambio de semejante fantasía.

—Hay una exposición en el Museo Metropolitano que quiero visitar... es decir, después de... —No podía creer que me hubiera sonrojado mientras le hablaba, pero él sonrió y se inclinó para besarme el pecho—. Peter, no...

—Paul —susurró, y yo asentí y me aparté para vestirme.

Sin duda se trataba de un juego muy extraño. Empezaba a preguntarme qué otras cosas hacía, si usaba látigos y cadenas, esposas o si se ponía disfraces todavía más extravagantes que el de la noche anterior. Para contrarrestar mis fantasías eróticas, me puse un viejo jersey gris, mis vaqueros preferidos y mocasines, y me dirigí a la cocina a preparar el desayuno de los niños. Peter, alias Paul, había ido a llamar por teléfono, pero prometió desayunar con nosotros y ver a los niños antes de que se marcharan a la escuela.

Como teníamos un «invitado», preparé bollos con beicon para todos. Sam se comió su ración antes de que Charlotte saliera de su habitación. Como siempre, se había retrasado y entró en la cocina estirándose una falda demasiado corta y arreglándose el pelo. Llevaba un collar que parecía una señal de stop con la palabra SEXY escrita en medio y mis zapatos de tacón favoritos. Al verla la mandé a ponerse las Adidas con que solía ir a la escuela.

Cuando volvió a la cocina, se le había hecho muy tarde, se comió medio bollo y dijo que comer beicon era asqueroso. Asentí y cogí el periódico, tras mirar rápidamente el reloj. Por una vez no era yo la que los llevaba a la escuela y casi siempre llegaba tarde. Mientras meneaba la cabeza y ojeaba la sección de economía, sentí como si una presencia extraña, casi de otro mundo, acabara de entrar en la cocina. Incapaz de resistir las fuerzas que me rodeaban e intuyéndolo antes de verlo, levanté la vista. Ante mis ojos, se alzaba una visión casi indescriptible. Por una vez, Sam no supo qué decir y Charlotte susurró, sobrecogida: «Demasiado.» Sin duda era demasiado. Ni siquiera estoy segura de que ésa fuera la palabra más adecuada, quizá debería haber dicho «alucinante».

El clon, como se llamaba a sí mismo, lucía una malla de leopardo, una camiseta de color rosa eléctrico muy ajustada y zapatos a juego. Llevaba gafas de sol, un grueso collar de oro y al menos seis anillos con unos diamantes enormes. A la luz del sol, parecía estar a punto de estallar en un millón de partículas de luz cegadora, como un calidoscopio realzado por un LSD. Realmente era «demasiado».

—Aquí hay mucha luz, ¿verdad? —dijo mientras se sentaba a la mesa con una gran sonrisa. Yo estaba perpleja, y no podía apartar la mirada de él.

—Creo que eres tú —mascullé mientras me preguntaba si el aspecto conservador del Peter que yo conocía habría sido una treta. Quizá en realidad él era así, y al principio se vistiera con normalidad sólo para seducirme. De todos modos, no había duda de que lo que estaba viendo era horrible.

—¿Hay alguna noticia interesante en el periódico? —inquirió, y se abalanzó sobre los bollos y el beicon, bañándolos con abundante almíbar, mientras Sam lo observaba con júbilo y fascinación.

—¿Quieres ver la sección de moda? —sugerí mientras Sam le advertía de que tanto azúcar acabaría con sus dientes.

—Odio ir al dentista —dijo—, ¿y tú?

—Yo también —convino Sam—, mucho. Nosotros vamos a uno que es malísimo. Me hace tomar flúor y me pone inyecciones.

—Entonces no deberías ir, Sam. La vida es demasiado corta para hacer cosas que no te gustan. —Sam asintió, totalmente de acuerdo con él, mientras yo soltaba el periódico y los miraba a los dos.

—Y la vida es demasiado larga para vivirla sin dientes —intervine, ya que el comentario de Peter no me gustó, al igual que la mirada de Charlotte cuando le preguntó con admiración de dónde había sacado esa ropa.

—Es de Versace, Charlie. Sólo llevo la ropa de ese diseñador. ¿Te gusta?

—La vuelve loca —respondí por ella y, por suerte, en ese momento llamó el portero por el interfono para avisar que el coche que los llevaba a la escuela ya había llegado—. ¡A la escuela! —Los acompañé a la puerta, la cerré y volví a la cocina—. ¿Se puede saber qué pretendes exactamente? ¿Provocar una revolución en casa? Son niños. No saben que estás bromeando. Y Peter... esa ropa... —No sabía cómo decirlo, pero no me sería fácil convencer a Charlotte de que se vistiera de un modo mínimamente decente si él se presentaba así.

—Es fantástica, ¿no te parece? —Sonrió y me senté con gesto impotente. Volví a mirarle, y me pareció tan dulce y vulnerable que pensé que la sola idea de que quizá no me gustaba su ropa le haría daño.

—Sí, es fantástica.

Qué demonios, era un hombre maravilloso, yo le amaba, era fantástico en la cama y los niños se habían ido a la escuela. ¿Qué podía ocurrir si le seguía la corriente, aunque sólo fuera un par de días? No podía pasarse toda la vida así, nadie era capaz. Tarde o temprano se cansaría de la broma y tendría que volver a ponerse sus pantalones caqui y sus mocasines Gucci. En el fondo añoraba los días en que Charlotte lo llamaba plasta porque era tan conservador. Desde luego el numerito con la malla de leopardo era de todo menos conservador.

Pero cuando lo miré, sonrió maliciosamente y susurró, levantándome de la silla:

—Vamos, Steph... volvamos a la cama.

—Tengo un montón de cosas que hacer, y no he acabado de leer el periódico —repliqué con acritud, como si con eso fuera a disuadirlo. Desde que Roger me dejó, me había prometido maquillarme y leer el periódico todos los días.

—Son las mismas historias de siempre —me aseguró, impertérrito—. Unos matan, otros mueren, unos cuantos marcan goles, y la bolsa sube y baja. ¿Y qué? ¿A quién le importa?

—A mí. —Me reí de él. Estaba tan ridículo con ese traje, sobre todo con esa enorme cadena de oro alrededor del cuello. Parecía un fantasma de Navidad en Hollywood—. Y a ti también, a menos que toda esa licra se te haya metido en la cabeza. Es imposible que de pronto ya no te importe el mundo real sólo porque estás gastándome una broma. Una cosa es esa ropa, y otra... todo lo demás.

—Claro —dijo sin hacerme el menor caso, y me cogió en brazos como una muñeca para llevarme a la habitación, donde yo ya había hecho la cama. Apartó el cubrecama con una mano y me depositó con cariño en la cama. Sin vacilar un instante, empezó a desvestirse. El mono de leopardo tenía una cremallera sutilmente oculta y en menos de un segundo se la había bajado y se había quitado el mono pasándolo por encima de los zapatos rosa eléctrico. Se quedó con un tanga de satén de leopardo, la camiseta rosa y los zapatos a juego—. Ahora cuéntame cómo va la bolsa —susurró, mientras se quitaba los zapatos y el collar y se acostaba a mi lado.

—Creía que íbamos a ir al museo —dije sin aliento mientras él empezaba a desnudarme, pero cuando me besó me di cuenta de que estaba demasiado abrumada para protestar—. ¿Crees que deberíamos...? —susurré. Era pleno día, y yo era madre de dos niños. ¿Qué hacía con un hombre que lucía un tanga de leopardo, haciendo el amor mientras los niños estaban en la escuela? Pero cuando se libró del tanga y me quitó los vaqueros y las bragas de encaje rosa, mis protestas se disiparon por completo.

Era extraordinariamente atlético, y se mostró incluso más sensual que la noche anterior. De pronto, poseídos por la pasión, me susurró al oído:

—Quiero enseñarte algo.

Debería haberme asustado, y de hecho, desde el principio tenía que haber sospechado que a ese hombre le pasaba algo. Pero ya era demasiado tarde, yo le pertenecía mientras me sujetaba con fuerza, con mi cuerpo pegado al suyo. Empezamos a rodar despacio por la cama. De pronto, cuando parecía que nos catapultábamos hacia arriba, sentí que me quedaba sin aire en los pulmones y dimos una voltereta sin separarnos, luego hicimos una pequeña pirueta y al final aterrizamos ingeniosamente, yo encima de él, en el suelo. No podía creer lo que había hecho, no sabía cómo lo había conseguido sin hacernos daño. Él se echó a reír y yo sonreía. Luego me explicó:

—Se llama doble salto mortal, Steph... Es mi especialidad... ¿Te gusta?

—Me encanta. —Ni siquiera me importó que en plena maniobra su tanga de leopardo hubiera quedado enganchado en mi oreja izquierda.

—Una vez conseguí hacer un triple salto mortal... pero no quiero hacerte daño. Creí que lo mejor era empezar poco a poco, hasta que consigamos hacer el triple... e incluso podemos probar con el cuádruple... Es una manera de darle un toque especial a un momento tan hermoso, ¿no te parece?

—Claro.

Todavía sin resuello, no podía creer lo que habíamos hecho. Pero él estaba ileso y tan tranquilo mientras me levantaba y volvía a acostarme en la cama para intentarlo de nuevo. De hecho, a primera hora de la tarde conseguimos hacer un triple. Al final no fuimos a la exposición en el Metropolitano, pero tampoco me importó. Me sentía en el nirvana, suspendida en un mundo creado por él, mi cuerpo era un instrumento que él tocaba como un Stradivarius, algo muy delicado y precioso. Y cuando después nos metimos en la bañera, sólo pude cerrar los ojos y soñar. Estaba tan agradablemente agotada, tan saciada, que no oí el teléfono.

—Steph, cariño —susurró mientras yo volvía a poner lentamente los pies en el suelo—. Deberías coger el teléfono. Tal vez son los niños.

—¿Qué niños?

—Los tuyos.

Si en ese momento alguien me hubiese preguntado cómo se llamaban mis hijos, me habría sido imposible recordar sus nombres, pero supe que debía coger el teléfono, a pesar de que aquel hombre me había hechizado de tal modo que sólo podía pensar en él; en él y en el triple salto mortal.

—¿Qué tal?

Era una voz familiar llena de optimismo y, al oírla, me estremecí. Miré a Peter, que estaba justo delante de mí en la bañera, y me pregunté cómo lo haría. Si era una grabación de su voz, estaba perfectamente sincronizada. Peter estaba jugando conmigo, pero esta vez iba a atraparlo en su propio juego. Había llegado a la conclusión de que si mantenía una conversación normal conmigo, mis respuestas serían predecibles, de modo que no me daría cuenta de que en realidad estaba escuchando una grabación.

—Hola, Peter —le saludé mientras le guiñaba el ojo a Paul y esbozaba una amplia sonrisa.

—¿Cómo estás, Steph?

—Muy sexy —respondí, en lugar de «bien».

—¿Y eso qué significa? —Otra pregunta típica a cualquier cosa que hubiera dicho.

—Estoy en la bañera. Nos hemos pasado toda la tarde haciendo el amor. —Se produjo un silencio y sonreí. Sin duda había intercalado una pausa en la grabación, muy astuto por su parte.

—Es biónico, Steph. No es real. Todo en él ha sido fabricado, es sintético de la cabeza a los pies. Todo lo que dice es mentira, y lo que hace es mecánico. —Según mi experiencia, eso no lo diferenciaba de los demás miembros de su especie. En realidad no me sorprendía, como tampoco las palabras de Peter.

—Acabamos de hacer un triple salto mortal. —A ver qué respuesta tenía preparada para eso. La conversación estaba alejándose rápidamente de lo que debió de suponer Peter cuando hizo la grabación.

—No es eso lo que se suponía que tenía que hacer, Steph. Sólo debía entretenerte hasta que yo volviera. No lo programamos para eso. Veo que las cosas se están descontrolando. —Parecía preocupado. Sonreí al pensar que ahora él era el objeto de la broma.

—Yo diría que las cosas están muy «descontroladas».

—Estoy celoso, Steph. Hablas como si fuera real —musitó contrariado, casi triste, lo cual me puso nerviosa.

Mientras lo acariciaba con el pie debajo del agua, asentí con una sonrisa traviesa.

—Claro que es real.

—Pues no lo es. Lo programamos para hacer esa proeza ridícula sólo por ver qué pasaba, pero le dije que no lo hiciera porque podía hacer daño a alguien. Además, nunca creí que lo haría contigo. —Ésa no era la respuesta típica que esperaba y, al oírla, fruncí el entrecejo.

—¿Qué has dicho? —pregunté con nerviosismo, mientras veía que Paul cerraba los ojos inocentemente y parecía quedarse dormido. Quizá era ventrílocuo, o si no, un psicótico. Desde luego, era un sociópata. Pero ¿cómo podía ser? Sin duda no se trataba de una grabación, pues era demasiado real y Peter estaba demasiado preocupado.

—He dicho que se suponía que no debía hacer esas cosas contigo. Pensé que sólo os haría compañía a ti y a los niños y que os divertiría. Además, le advertí que no practicara el doble salto mortal ni el triple, contigo ni con nadie. El muy idiota hasta dijo algo de hacer un cuádruple en las pruebas. Steph, si ves que quiere intentarlo, levántate de la cama de inmediato porque te hará daño. Además, no me gusta oír que está totalmente operativo, se suponía que contigo sólo tenía que estarlo parcialmente.

No hubo nada de «parcial» en lo que habíamos hecho, y de pronto me sentí culpable. Es más, parecía que el que hablaba por teléfono era realmente Peter y no una grabación.

—¿Peter? ¿Eres tú? —Instintivamente le di una patada a Paul, que se despertó, sobresaltado, y empezó a hablar. Eso no era ningún truco, a menos que me hubiera dado setas mágicas y hubiera pasado la tarde alucinando.

—Claro que soy yo —contestó, con voz tensa—. Mira, Steph, me alegro de que seas feliz. Quería que te divirtieras con él, pero no hasta ese punto. Ten en cuenta que no es real. Piensa en él como si fuera un juguete gigante, una especie de muñeca hinchable que te entretiene mientras yo estoy fuera. —Intentaba ser sensato y justo. Al fin y al cabo, él me había soltado a Paul.

—Peter... —Volvía a sentirme mal, y la cabeza empezaba a dolerme—. No lo entiendo... No entiendo qué ha ocurrido. Creí que era una broma... que él y tú erais la misma persona.

—Lo somos. Me clonaron. De hecho, es un híbrido, un clon atenuado por la biónica. Es algo nuevo que quería compartir contigo. Es casi perfecto, salvo por un par de detalles sin importancia. Mira, pásatelo bien con él, llévatelo a las fiestas y deja que juegue con los niños.

¿Era una broma? ¿Cómo era posible? ¿Cómo podía hacerme eso? ¿Estaba loco? Peor aún, ¿lo estaba yo? Si no lo estaba ya, sabía que pronto lo estaría. ¿Paul era un clon «atenuado por la biónica»? Quizá estaba soñando tras sufrir una importante lesión cerebral en el doble salto mortal.

—Y yo ¿qué? ¿Cómo has podido hacerme esto? No le quiero a él, sino a ti.

—Yo también te quiero. Y no debes quererlo a él. Se supone que sólo tiene que hacerte compañía mientras yo esté fuera, pero no tanta. ¿Y dónde duerme? —Después de lo que le había contado, era obvio dónde había dormido la noche anterior.

—En la habitación de invitados. Anoche, durmió allí después de... —Tras describirle nuestras proezas sexuales cuando creía que la voz del teléfono no era real, fui incapaz de acabar la frase. Peter me había engañado para hacerme caer en una situación absurda, y en ese momento lo único que yo quería era desaparecer para siempre.

—Bien, pues que siga allí. Y procura evitar ese maldito doble salto mortal. —Dios mío, estaba celoso. Pero con un cuerpo como el suyo, o el de Paul, ¿qué pretendía? Ni la madre Teresa se habría resistido, y mientras le escuchaba, Paul tendió la mano y me tocó. De inmediato deseé probar el cuádruple salto mortal prohibido—. Volveré dentro de dos semanas —dijo, y me pareció muy poco tiempo. ¿En qué lío me había metido? ¿Quién era esa gente? ¿Clones, biónica, «totalmente operativo...», dobles saltos mortales...? Estaba atrapada en una pesadilla de alta tecnología.

—Estaré aquí, cariño —susurré. Pero luego ¿qué? ¿Paul desaparecería?—. ¿Cómo te va el trabajo? —No sabía qué más podía preguntarle salvo por el tiempo en California.

—Muy bien. Bueno, ¿y dónde está Paul ahora? —Seguía preocupado, pero él tenía la culpa de todo.

—Está por aquí —contesté vagamente, mientras Paul me enjabonaba la espalda y el pecho eróticamente.

—¿Y dónde están los niños?

—En la escuela, están a punto de llegar. —Por desgracia, pensé, puesto que ya no teníamos tiempo para intentar otro triple salto mortal. No me importaba lo que dijera Peter. No podía renunciar a Paul ahora, aunque fuera biónico.

—Te llamaré más tarde —prometió—. Te amo, Steph.

—Yo también.

Lo dije en serio. El clon era divertido, pero me había dejado llevar por él porque creía que era Peter. Y ahora tenía que enfrentarme a mis sentimientos y a lo que había hecho con Paul, fuera o no biónico. Peter dijo que era un juguete... ¡pero qué juguete! Nunca había tenido uno así.

—¿Cómo está? —preguntó Paul cuando colgué.

—Bien —contesté, mientras pensaba en todo lo que me había dicho, sin saber cómo conciliarme conmigo misma ni con la situación en que me encontraba—. Te manda saludos —mentí, pero ¿qué iba a decirle? Todo era muy complicado.

—No soporta el doble salto mortal. Creo que es porque no puede hacerlo. Le da miedo que se me rompa un cable o que me salte un fusible, sobre todo con el triple.

—Creo que has conseguido que saltaran los míos. —Sonreí, todavía incapaz de creer que todo eso fuera real. Pero ahora ya no podía negarlo, la conversación con Peter me había convencido, sobre todo cuando me di cuenta de que estaba celoso—. Dijo que no debías estar totalmente operativo —lo reprendí con suavidad como cuando riño a Sam por sus deberes.

—Lo olvidé —se disculpó Paul con una sonrisa—. El champán hace esas cosas. —Desde luego, sabíamos lo que él me había hecho a mí, y no parecía arrepentirse lo más mínimo—. Más vale que nos vistamos antes de que lleguen los niños de la escuela —añadió con tono responsable, como si tratara de expiar los pecados que habíamos cometido—. Son buenos chicos.

—A Peter también le caen bien —aseguré mirándolo fijamente. Era idéntico y lo imitaba tan bien que nadie habría sospechado que no era real—. ¿Qué se siente? —Al igual que Peter era listo y rápido, por lo que enseguida entendió la pregunta.

—¿Al ser un clon? Me gusta. Me da mucha libertad. Peter suele dejarme hacer todo lo que quiera. Cuando está aquí, tengo mucho tiempo libre y cuando no está me lo paso muy bien. —Sin mencionar la cuestión del sexo.

—¿Has hecho... esto para él antes? O sea, ¿así? —Me preguntaba con cuántas novias de Peter se habría acostado, cuántas tardes como ésa habría pasado cuando estaba «totalmente operativo» en lugar de «parcialmente».

—No —contestó mirándome fijamente a los ojos. Parecía molesto—. Es la primera vez que voy a ver a una mujer. Pero últimamente han estado tocándome los cables y me han corregido muchas cosas. Hasta ahora sólo me había usado en el trabajo, y con unos cuantos amigos. Reaccionaron igual que tú, creyeron que era una broma. En el despacho me adoran, pero cuando voy, él se pone nervioso. El año pasado le resolví un par de problemas, pero es la primera vez que me confía algo tan importante como esto.

Lo dijo con lágrimas en los ojos. Yo también estaba a punto de llorar. ¿Cómo me había ocurrido algo así? Había sido una relación tan normal e inocente hasta que apareció Paul... No sabía qué hacer. En unas horas Paul me había seducido, pero estaba segura de que seguía enamorada de Peter.

—Es la primera vez que me ocurre algo así, Paul. Te aseguro que no sé qué hacer ni decir. —Incapaz de contenerme, me eché a llorar, mientras él me abrazaba y me acariciaba el pelo con suavidad. A pesar de ser biónico, tenía algo de enternecedor.

—No te preocupes, Steph... También es una novedad para mí. Ya lo arreglaremos, ya verás como todo saldrá bien, te lo prometo... Él viaja mucho.

Al oír sus palabras, me sentí todavía más triste. ¿Qué podía hacer? Era como tener una relación con dos hombres, uno al que conocía y amaba, o así lo creía, y el otro que era un auténtico escándalo e increíblemente atractivo, aunque la verdad es que Peter también lo era. Se trataba de una broma cruel, y a su lado Roger parecía un colegial. Aquella historia de alta tecnología era increíble. Estaba enamorada de un genio retorcido y me acostaba con un clon biónico. ¿Alguien me habría creído de haberlo contado? Parecía una de esas historias de personas normales abducidas por extraterrestres. De pronto, al mirar a Paul, me merecían más respeto.

—Te amo, Steph —musitó Paul con ternura mientras yo seguía llorando entre sus brazos, abrumada por la situación—, al menos eso creo. Haces que me duelan los cables. Tal vez eso es el amor.

—¿Dónde? —pregunté súbitamente intrigada por sus palabras y quise saber más cosas acerca de él.

—Aquí. —Señaló la nuca y agregó—: Aquí están la mayoría de los cables.

—Quizá te lastimaste con el triple salto mortal.

—No lo creo, lo hago bastante bien. Yo diría que es el amor.

—Sí, yo también.

—Vamos, vístete —dijo con una mirada traviesa—. ¿Qué te parece si salimos a cenar con los niños?

No pude evitar sonreír. Era tan dulce y le gustaban tanto los niños... Casi se parecía a ellos, aunque por suerte mis hijos no vestían como él.

Me puse unos vaqueros, un jersey negro y unos mocasines de ante y, diez minutos antes de que llegaran los niños de la escuela, Paul salió de su habitación. Me di cuenta de que se había esmerado al vestirse y esta vez el efecto conseguido era impresionante. Había cambiado totalmente de imagen. Había elegido unos pantalones de montar de charol negro, chaqueta de charol rojo, sombrero de vaquero, camisa de lamé plateado y botas también plateadas de piel de cocodrilo.

—¿Te parece demasiado elegante para salir a cenar? —preguntó con gesto de preocupación. Sin duda le preocupaba mucho su aspecto.

—Quizá sí, teniendo en cuenta que iremos a una hamburguesería o una pizzería. —No quería decirle que parecía una boca de incendios, pero por el brillo de sus ojos advertí que se le acababa de ocurrir una idea.

—¿Por qué no llevamos a los niños al Veintiuno? —propuso—. Allí le conocen. Nos servirán de fábula, y a Sam le encantarán las maquetas de los aviones en la barra.

Pese a lo mucho que le quería y lo impresionada que estaba con el doble y triple salto mortal, no me imaginé entrando en el Veintiuno con él vestido así. No obstante, sabía que si se lo decía, le dolería y se lo tomaría fatal.

—Quizá será mejor que cenemos aquí —dije animosamente.

—Steph —susurró con una mirada llena de amor—, quiero invitarte a cenar y celebrarlo.

¿Celebrar qué? ¿Que me acostaba con dos hombres que eran idénticos...? ¿O no lo eran? Algo de él me conmovió, pese a la terrible situación que estaba atravesando. En realidad él no tenía la culpa de nada, la culpa era de Peter. Sin embargo, no estaba enfadada con ninguno de los dos. En cierto modo, yo era una víctima de la genialidad de Peter y su experimento de locos, aunque sabía que no lo había hecho con mala fe. Éste se había mostrado contrariado al enterarse de que Paul estaba «totalmente operativo» y encima me había acostado con él. Sin duda esta vez todos habíamos recibido más de lo que esperábamos.

—Verás, los chicos no deberían salir entre semana —argumenté con la intención de disuadirlo de llevarnos al Veintiuno y montar un número allí.

—Estás hablando como él.

Creí que se había enfadado. En ese momento llegaron los niños. Sam profirió un grito ahogado cuando vio la camisa de lamé plateado, mientras que Charlotte parecía impresionada con los pantalones de montar de charol negro y las botas plateadas.

Paul les dijo que quería llevarlos a cenar al Veintiuno. Los chicos estaban encantados y yo no daba crédito a su reacción. Charlotte lo había tachado de pelmazo porque cuando lo conoció llevaba mocasines Gucci, mientras que ahora, con el charol rojo y negro, imitando un letrero de neón, estaba encantada con él. Por no mencionar cómo se puso cuando él le prestó sus anillos. Por el contrario, si me ponía una falda un centímetro demasiado corta o, Dios me libre, un sombrero de piel en invierno para que no se me congelaran las orejas, se avergonzaba tanto de mí que se negaba a ir conmigo por la calle. ¿Cómo se explica la perversión de una chica de trece años, o cómo se entiende lo que para ellos es aceptable? Era evidente que, a diferencia de mí, conocía la respuesta. Él era uno de ellos; yo, no.

Pese a mis protestas, Paul convenció a los chicos y, a las siete y media, estábamos en una limusina que nos conducía al Veintiuno mientras los chicos bebían coca-cola en el asiento trasero. Paul seguía con su traje de charol y llevaba un abrigo de piel por si hacía frío. Yo me había puesto un vestidito negro y un collar de perlas. Él quería que me pusiera algo menos conservador e incluso se metió en el armario para elegirme algo, pero se llevó una gran decepción. Me aconsejó que lo tirara todo a la basura y que volviera a empezar, por supuesto a costa de la tarjeta de crédito de Peter.

—La semana que viene iremos a comprarte ropa. Steph, te amo, cariño, pero vistes de una manera muy sosa.

Como mis viejos camisones de franela, de pronto imaginé mi vestuario en la basura. Quizá cuando volviera de California, Peter me encontraría vestida con licra de leopardo igual que Paul. Sin duda tenía que pensarlo. La limusina que Paul había alquilado era blanca, parecía medir un kilómetro de largo y sin duda debía de tener un jacuzzi en el maletero. Al verla, Sam exclamó: «¡Qué guay!» Y cuando murmuré que quizá fuera excesivo, Paul me aseguró que la había cargado en la cuenta de «él». Estaba segura de que a Peter le encantaría, porque en realidad nos había enviado a Paul para divertirnos, no para realizar el triple salto mortal. Su misión era entretenernos y, de momento, estaba haciéndolo muy bien.

Como siempre, el servicio y la comida en el Veintiuno fueron excelentes. Y cuando Sam admiró los aviones que colgaban sobre la barra, Paul subió a un taburete sin dudarlo y cogió tres de ellos. Al verlo, el jefe de los camareros se acercó rápidamente y Paul le dijo que cargaran los aviones a su cuenta. A Charlotte le compró un bolso monísimo y a mí un albornoz con un bordado del logotipo del restaurante. Varias personas se detuvieron en nuestra mesa a saludarle y Paul se mostró de lo más atento con todas. Concertó una cita con dos hombres para comer esa semana en el University Club, del que Peter era socio. Estaba segura de que la licra de leopardo, o incluso los pantalones de charol, tendrían mucho éxito en ese ambiente.

Llegamos a casa muy animados y justo cuando estaba acostando a Sam, llamó Peter. Por suerte, cogí el teléfono antes que Charlotte, ya que sin duda se habría hecho un lío. Yo empezaba a acostumbrarme, y aunque añoraba a Peter, todos estábamos encantados con Paul. Además, ya sabía lo que me esperaba: otra noche de éxtasis entre sus brazos y quizá, si tenía suerte, otro triple salto mortal, aunque por supuesto no debía contárselo a Peter. Él me había puesto en esa situación y ahora yo tenía que arreglármelas. Al menos en ese sentido el problema ya no era de él.

—Hola, cariño, ¿dónde estabas? —preguntó con tono alegre.

—Acabamos de volver del Veintiuno —respondí—. Lo hemos pasado muy bien.

—¿Los tres? —preguntó con cautela.

—No, los cuatro. Fuimos con Paul. Quería invitarnos a salir y mimó mucho a los niños. A Sam le regaló tres aviones del bar y a Charlotte y a mí nos compró todo lo que vio.

—¿Y lo pagó con mi tarjeta de crédito? —preguntó horrorizado.

—Dijo que le diste permiso. ¿Pasa algo? La limusina también...

—¿La limusina? ¿Qué limusina? —Parecía muy confuso.

—Sam estaba impresionado. No podía creerlo.

—Ya veo.

Peter guardó silencio, sin duda asimilando lo que acababa de contarle, mientras yo comenzaba a ver las ventajas del clon, incluso para los niños. Me había costado hacerme a la idea, pero en cuanto me acostumbré me pareció un apaño perfecto. Por el bien de Peter, estaba haciendo todo lo posible para adaptarme. Tener un clon nos beneficiaba a todos, pero especialmente a mí, pues de esta forma contaba con alguien con quien hacer las cosas, salir con los niños o hablar, alguien que me hiciera masajes en los hombros; sin contar con el numerito del triple salto mortal, claro. En ciertos aspectos me sentí muy afortunada. Ya no estaba sola en la vida. Era un compañero, si podía llamarse así, cuando Peter no estaba, aunque realmente fuera un poco raro. No obstante, desde que le confesé a Peter mis proezas sexuales con Paul, la idea ya no parecía gustarle.

—Steph, creo que no deberías salir en público con él de esa manera —comentó—. No pasa nada si vais a cenar por ahí, por ejemplo, a los pequeños restaurantes franceses del West Side, o si pasáis una velada con unos cuantos amigos, pero quizá el Veintiuno sea ir demasiado lejos. Paul es un poco llamativo, ¿no crees? ¿O quizá se puso uno de mis trajes? —inquirió esperanzado.

—Es posible... si tienes pantalones de charol negro y una chaqueta de charol rojo con una camisa de lamé plateado.

—Déjame que lo adivine. De Versace, ¿no?

—Eso creo. Fue un anfitrión perfecto. Ha quedado para comer en el University Club con un par de amigos tuyos que nos saludaron. Paul pensó que sería todo un detalle invitarlos en tu nombre.

—¡Por el amor de Dios, Steph! Dile que lo anule de inmediato y que no se acerque a mis clubes. Lo envié para que estuviera contigo, no para que hiciera el salvaje por toda la ciudad. Si sigue así, tendré que ajustarle los cables. —Me pareció que Peter estaba un tanto irritable e inusualmente tenso, pero era comprensible. Todos habíamos tenido un día muy largo, lleno de novedades y revelaciones inesperadas.

—¿Y a ti cómo te va? —pregunté con tono afable, tratando de tranquilizarlo. En aquel momento Paul entró en la cocina y abrió otra botella de champán. Ya se había bebido dos en el Veintiuno, pero insistía en que su sistema de cables estaba tan bien hecho que no notaba los efectos del alcohol, aunque había reconoci-do que la noche anterior le había afectado la memoria. No obstante, aseguraba que era capaz de pasar la noche bebiendo sin enterarse. De hecho, parecía preferir el alcohol a la comida. En fin, supongo que tenía un problema técnico en el sistema.

—Bien —contestó Peter—. Me muero de ganas de volver. Te echo de menos. —Se notaba que era sincero y parecía sentirse solo.

—Yo también te echo de menos —le aseguré, y bebí un sorbo de champán—. Tengo muchas ganas de que vuelvas. —En cuanto vi la cara de Paul, me arrepentí de haberlo dicho. Traté de disculparme enviándole un beso, pero él salió de la cocina. Sospeché que estaba celoso, pero no podía hacer nada.

—Pronto estaré ahí —prometió Peter—. Pero vigila a Paul y procura que se porte bien. Cuando vuelva, quiero encontrarlo todo igual... y a ti también.

—No te preocupes —le dije, pensando que al fin y al cabo él tenía la culpa de todo. Sin embargo, estaba enamorada de él. Al menos de eso estaba segura.

—Te llamaré mañana por la noche —se despidió, algo más tranquilo. Cuando colgué el auricular lo añoraba más que nunca, pero Paul me acusó de ser sensiblera y me recordó que él estaba allí precisamente por eso.

—Esto es para animarte, Steph —dijo con cariño mientras nos dirigíamos al dormitorio. Los niños ya estaban durmiendo y ahora nos tocaba a nosotros. Paul conectó el equipo de música y puso unas sambas brasileñas muy sensuales. Luego encendió velas a ambos lados de la cama—. Olvídate de él.

—No puedo —expliqué—. No puedes olvidarte de una persona a la que quieres, las cosas no son así.

Pero él no sabía nada de eso. Tenía cables en lugar de un corazón, mecanismos fabricados por el hombre y chips informáticos en lugar de un cerebro. Como dijo Peter, todo él había sido fabricado. Era una auténtica obra maestra de ingeniería, al igual que el doble salto mortal, que repitió una y otra vez a lo largo de la noche. Y Peter parecía tan remoto e irreal como si estuviera en otro planeta. Me resistía a dejar de tenerlo presente y de creer en su realidad, consciente de que volvería y de lo mucho que lo amaba. Pero mientras Paul me hacía el amor maravillosamente una y otra vez, me di cuenta de que Peter, con sus pantalones caqui y sus camisas azules de Oxford, estaba convirtiéndose en un recuerdo borroso mucho más rápido de lo que creí posible, hasta tal punto que de pronto sólo el clon me pareció real.

6

Las primeras dos semanas que pasé con Paul Clon fueron las más extraordinarias de mi vida y, en cierto modo, son casi indescriptibles. Nunca me había divertido tanto con un hombre ni había sido tan feliz, ni siquiera con Peter. Aunque hablaba con Peter con regularidad, empezaba a alejarme de él. Cada vez que me preguntaba qué hacíamos y yo se lo contaba, se llevaba un disgusto. Para entonces costaba creer que él hubiera tenido la idea de enviarme al clon. Todo lo que hacía le molestaba, aunque ya no volví a mencionarle nuestras hazañas sexuales. Pero a pesar de mi discreción, creo que conocía a Paul demasiado bien y sospechaba lo que hacíamos, si bien ya no me lo preguntaba directamente.

Paul me llevó a cenar casi todas las noches, al Veintiuno, al Côte Basque, a La Grenouille y al Lutèce. Y después de dominar el cuádruple salto mortal, me regaló una pulsera increíble de esmeraldas y diamantes. La compró en Harry Winston, junto con un anillo, y dos días después me regaló un collar de esmeraldas de Bulgari «sólo porque me amaba».

—¿Cómo lo sabes? —bromeé, mientras me ponía el collar—. Me refiero a que me amas.

—Lo sé porque me duele el cuello.

Para él era una señal indiscutible. Todo lo demás se debía al estrés de los cables, o a problemas en el mecanismo que le repararían en el taller en cuanto volviera Peter. Sin embargo, ninguno de los dos quería pensar en lo que ocurriría cuando llegara ese momento. Vivíamos cada día intensamente e intentábamos convencernos de que duraría para siempre. Nunca hablábamos de Peter.

Paul comía a menudo en el club de Peter, pero a veces nos pasábamos todo el día en la cama, salvo cuando yo tenía que hacer recados o acudir a alguna cita. No me resultaba fácil tener una aventura con él y mantener cierto orden en el resto de mi vida. Por un sentido de la obligación, de vez en cuando Paul acudía a la oficina de Peter para asegurarse de que todo iba bien. Le encantaba. Yo no le preguntaba por qué iba, aunque sospechaba que lo hacía porque así se sentía importante. La gente lo respetaba y estaba pendiente de él del mismo modo que lo hacía con Peter cuando estaba allí. Para un vulgar clon eso era de lo más halagador. Y a él le encantaba organizar reuniones y tomar decisiones al azar. Era mucho trabajo, según me dijo más de una vez, pero creía que le debía a Peter hacer acto de presencia. Al fin y al cabo, ésa era la razón por la que Peter lo había concebido, aunque Paul reconoció tímidamente que sus sistemas profesionales todavía no estaban listos. No obstante, aseguraba que cuando volvía a casa a mi lado tras un duro día de trabajo en la oficina, casi se sentía humano. Le encantaba estar conmigo, y a mí me encantaba estar con él.

Aunque parezca increíble, los niños se adaptaron muy bien a él e incluso no parecía importarles que durmiera en la habitación de los invitados. Tras la vigilancia inicial de Charlotte para averiguar si «lo hacíamos», daba la impresión de que le daba igual y ya no hacía más preguntas, quizá porque sabía la respuesta y no quería oírla. Yo seguí diciéndoles que dormíamos cada uno en su habitación, aunque creo que ni siquiera Sam se lo creyó, pero al menos no protestaron. Y cada noche, tras nuestros largos arrebatos de pasión, obligaba a Paul a volver a la habitación de los invitados. Nunca se marchaba antes de las cuatro o las cinco de la madrugada, dos o tres horas antes de que yo tuviera que levantarme para preparar el desayuno. En el tiempo que pasó en casa no dormí mucho, pero desde luego era un sacrificio que estaba más que dispuesta a hacer, sobre todo teniendo en cuenta las compensaciones.

En una de esas incursiones a lo que llamábamos «su habitación» Paul se topó con Sam a las cinco de la madrugada. Cuando salió de mi habitación, no me di cuenta de que no llevaba tanga y que iba desnudo. De haberlo sabido, habría protestado enérgicamente por temor a que se encontrara con Charlotte, pero a esa hora Paul estaba seguro de que los niños estarían durmiendo. Además, lo de taparse tampoco era algo que le preocupara especialmente. Como todas sus partes eran intercambiables y se las renovaban con regularidad, para él no eran tan privadas como para una persona normal. Más de una vez tuve que recordarle que se vistiera para desayunar cuando estaba a punto de salir de la habitación desnudo. Para él su ropa de Versace era más bien una colección de objetos de arte que una manera de estar decente.

En cualquier caso, una noche se topó con Sam en el pasillo a las cinco de la madrugada. Al parecer, Sam había tenido una pesadilla y, de camino a mi habitación, se encontró con Paul mientras éste se dirigía a la habitación de invitados. De pronto oí voces en medio del aturdimiento en que Paul me había dejado y me asomé por la puerta. Mi hijo estaba mirando a Paul, mientras éste sonreía, totalmente desnudo.

—¿Qué te parece si jugamos al Monopoly? —propuso Paul valientemente mientras Sam lo miraba, atónito. Solían pasar horas jugando, para gran alegría de Sam. Como los demás lo odiábamos, Sam se sentía feliz de haber encontrado a alguien con quien jugar y ni siquiera le importaba que Paul hiciera trampa, ya que de todos modos, Sam siempre le ganaba. Sin embargo, esta vez rechazó la propuesta.

—Mamá se enfadaría con nosotros... Mañana tengo que ir a la escuela.

—Ah... Entonces, ¿qué haces levantado?

—Había un hipopótamo debajo de mi cama —explicó Sam con un bostezo—. Me despertó.

—Ya, a mí a veces me pasa lo mismo. Tienes que poner sal y medio plátano debajo de la cama. Los hipopótamos odian la sal y los plátanos les dan miedo. —Lo dijo convencido, mientras yo no sabía si dejarlos solos o intervenir en la conversación, aunque no quería que Sam supiera que estaba despierta ni que Paul y yo habíamos estado juntos.

—¿De veras? —Sam parecía impresionado. Hacía años que soñaba con el hipopótamo. El pediatra me había dicho que ya se le pasaría con la edad—. Mamá dice que siempre me ocurre cuando bebo demasiados refrescos antes de ir a dormir.

—No lo creo... —repuso Paul pensativamente, y después lo miró con aire de preocupación. Hubo un momento en que temí que le fuera a ofrecer un whisky, aunque de momento se había abstenido de hacerlo, a pesar de que con lo que él bebía habría bastado para sacar a flote al *Titanic*—. ¿Tienes hambre? —preguntó, y tras pensárselo, Sam asintió—. Yo también. ¿Qué te parece un bocadillo de salami, con pepinillos en vinagre y mantequilla de cacahuete? —Era un mejunje que se habían inventado entre los dos. Al oírlo, a Sam se le iluminaron los ojos, por lo que Paul le puso el brazo alrededor de los hombros y se lo llevó a la cocina.

—Más vale que te vistas —le aconsejó Sam—. Si mi madre se despierta y viene a ver qué estamos haciendo y te ve así, se asustará. No le gusta que vayamos desnudos por la casa, ni siquiera mi padre cuando vivía aquí.

—De acuerdo —asintió Paul, y fue un momento al dormitorio para salir con una bata de satén fucsia con borlas moradas y pompones amarillos, que habría asustado al mismísimo Gianni Versace.

Los observé dirigirse por el pasillo hacia la cocina. Los dejé solos, satisfecha de que compartieran un momento de intimidad gracias al bocadillo de salami que iban a prepararse. En cierto modo, a Sam le convenía tener a un hombre con el que hablar, aunque fuera biónico. Como estaba segura de que no ocurriría nada, me fui a la cama a dormir las pocas horas que me quedaban antes de levantarme para preparar los bollos preferidos de Paul para el desayuno. A la mañana siguiente pregunté inocentemente por qué había piel de salami en el fregadero y un tarro abierto de mantequilla de cacahuete en la encimera.

—¿Alguien tuvo hambre anoche? —pregunté, mientras ponía la bandeja con el beicon entre Paul y Sam. Como siempre, Charlotte todavía estaba vistiéndose.

—Sí, nosotros —confesó Sam con naturalidad—. El hipopótamo volvió a esconderse debajo de mi cama y Peter me preparó un bocadillo. Me dijo que si ponía medio plátano debajo de la cama, el hipopótamo se asustaría y no volvería nunca más. —Por primera vez en su vida, Sam hablaba como si ya no tuviera miedo.

—Y sal... no te olvides de la sal —le recordó Paul—, es lo que les da más miedo. —Sam asintió pensativamente y después le sonrió.

—Gracias, Peter —susurró. En vez de ridiculizarlo, Paul le ofreció una manera, por absurda que fuera, de hacer frente a su miedo. Y además parecía surtir efecto, porque Sam creía en ella.

—Funciona, ya lo verás —le aseguró Paul, y se abalanzó sobre los bollos mientras explicaba que eran mejores que los crepes porque los agujeritos estaban llenos de vitaminas aunque no se vieran, mientras que los crepes, al darles la vuelta, perdían todas las vitaminas. Estuve a punto de creerle y, pese al cansancio, me encantó el sonido de la risa de Sam.

Paul era maravilloso con los niños, parecía uno más, y tenía una paciencia infinita. Los fines de semana salía con ellos y se los llevaba al cine o a la bolera. Hasta se fue de compras con Charlotte, lo que me dio bastante miedo y acabó con la compra de una minifalda de charol que juré quemar en cuanto Paul se marchara. Los dos estaban encantados con él.

Al final de la segunda semana, como sabía que pronto tendría que marcharse, Paul empezó a deprimirse y a estar muy callado. Yo sabía en qué estaba pensando. Bebía cajas enteras de Cristalle, Yquem y whisky. Lo aguantaba muy bien, y como sus mecanismos eran tan delicados, nunca tenía resacas ni jaquecas. La única vez que se le notó que había bebido demasiado fue cuando sufrió un pequeño accidente en la Tercera Avenida con el Jaguar de Peter. Chocó con un taxi y, al rebotar, estuvo a punto de estrellarse contra un camión aparcado delante de Bloomingdale's y en cambio fue a dar contra otros seis coches aparcados y con un semáforo. Nadie se hizo daño y por suerte tampoco le pasó nada al maletero, donde llevaba más cajas de Château d'Yquem. Lo lamentó mucho y no quería que se lo contara a Peter cuando me llamara, así que no lo hice por lealtad hacia él. Dijo que de todos modos el coche necesitaba una mano de pintura, ya que ese plateado era muy prosaico. Pese a su gusto por las camisas y la ropa interior de lamé plateado, creía que ese color no le pegaba a un coche y lo mandó pintar de amarillo canario. Me juró que a Peter le encantaría. También hizo pintar las ruedas de color rojo, lo cual fue todo un detalle por su parte.

Fue un interludio en mi vida lleno de éxtasis y emociones jamás soñadas y, la última noche, Paul estaba tan deprimido que ni siquiera intentó hacer el doble salto mortal. Dijo que le dolía demasiado el cuello y sólo quería estar conmigo en la cama y abrazarme. Me explicó lo solo que se sentiría al volver al taller y que las cosas ya no volverían a ser como antes, y yo no pude decirle lo contrario. Por mucho que echara de menos a Peter, no me imaginaba la vida sin Paul. Era un momento de emociones intensas hacia los dos que me tenía muy confusa. Me preguntaba si Peter iba a ser tan importante para mí como antes. En dos semanas Paul había hecho todo lo posible para abrirme nuevos horizontes. Hasta me había comprado un vestido de lamé dorado, con la zona de los pechos recortada. Quería que me lo pusiera para ir a cenar al Côte Basque, pero al final no pude. Aunque no quise admitirlo, creo que lo guardaba para Peter. Fue lo único que guardé para él. El resto lo había compartido abiertamente con los dos.

La última mañana fue terrible, porque no pudo despedirse de los niños. Ambos acordamos que los niños no debían saber que yo estaba liada con dos hombres, o más bien con uno y un clon. Esa noche, cuando llegara Peter, tenían que pensar que era la misma persona que había estado en casa. Preparé bollos para Paul por última vez, al menos de momento, y en lugar de sirope, los cubrió de whisky.

Y por fin llegó el momento. Lo ayudé a hacer las maletas, a doblar el lamé dorado y plateado, los vaqueros de velvetón, los trajes de cebra y leopardo. Cada vez que tocaba una prenda me acordaba de algo y, cuando lo miraba, casi se me partía el alma.

—Nunca he hecho nada tan difícil como dejarte —dijo con lágrimas en los ojos y, por un momento interminable, lo abracé muy fuerte y lo tuve muy cerca de mi corazón, tanto que su símbolo de la paz de diamantes se me clavó en el pecho y me dejó una señal.

—Volverás —susurré, intentando no llorar—, ya verás como él se irá otra vez de viaje.

—Espero que pronto —musitó destrozado—. Estaré muy solo en el taller sin ti. —Esta vez iba a quedarse en un laboratorio de Nueva York, pero cuando le pregunté si podría ir a verlo, meneó la cabeza—. Van a despedazarme y a cambiarme los cables. No quiero que me veas así. Tienen que hacerme un cuerpo nuevo y quitarme la cabeza. —Era una imagen a la que todavía no había logrado acostumbrarme.

—Asegúrate de que no cambien nada que me guste —dije con una sonrisa, y él también me sonrió, esta vez maliciosamente. Nunca olvidaré ese momento. Llevaba pantalones de satén fucsia y una camisa de vinilo amarillo con lunares de estrás.

—Pueden cambiar el tamaño de cualquier cosa —comentó—. Hay mil posibilidades.

—No te cambies nada, Paul. Así ya eres perfecto —le aseguré.

Entonces, sin decir palabra, cerró las maletas moradas de piel de cocodrilo que le hicieron en Hermès, se encaminó hacia la puerta y se detuvo para mirarme.

—Volveré —dijo con tono victorioso, y los dos sonreímos

pues sabíamos que era verdad, o al menos eso esperábamos. Cuando salió, me quedé sola en el piso vacío para pensar en él y en el cuádruple salto mortal. Era difícil evitarlo.

Tenía exactamente dos horas para serenarme, para intentar no pensar en él y centrar mis pensamientos y mi corazón en Peter. Me había pedido que lo recogiera en el aeropuerto y yo no sabía si podría hacerlo. Después de Paul, no me resultaba fácil volver con Peter. El clon me había causado un gran impacto y ya no sabía qué significaba Peter para mí. Las dos semanas con Paul me habían cambiado literalmente la vida.

Mientras tomaba un baño pensé en Paul y en el tiempo que habíamos pasado juntos. Luego cogí una fotografía de Peter para acordarme de cómo era. Eran idénticos, por supuesto, pero había algo muy distinto en los ojos de Peter, en su corazón, que me llegaba al alma. Entonces tuve que recordarme que Paul sólo era un clon, un montón de cables y piezas informáticas reunidas brillantemente, que no era real. Además, en realidad, pese a lo mucho que me había divertido con él, no era Peter. Poco a poco volvía a poner los pies en el suelo.

Tras ponerme un traje nuevo de Dior y un sombrero, me miré en el espejo. Me vi sosa, casi tan gris como cuando me ponía los camisones de franela de antaño. Pero para animarme me puse la pulsera nueva de diamantes y el alfiler de rubíes con los pendientes a juego que me regaló Paul justo antes de marcharse. Eran de Van Cleef y, como siempre, lo pagó con la tarjeta de crédito de Peter. Estaba seguro de que Peter se alegraría de haberme comprado algo que me gustaba tanto.

En la limusina, de camino al aeropuerto, todavía me sentía triste. Paul había intentado convencerme de que alquilara la blanca con el jacuzzi, pero intuí que Peter preferiría una negra y más pequeña. No me lo imaginaba en el jacuzzi, aunque Paul sí que la había probado y le había encantado.

El avión llegó con retraso y, mientras esperaba, me preguntaba cómo me sentiría al ver a Peter. Después de aquellas dos semanas con Paul, no estaba muy segura y temía que se hubiera estropeado todo, aunque confiaba en que no.

Cuando ya empezaba a impacientarme, vi a varias personas vestidas en chándal y pantalón corto. Detrás de ellas venía Peter. Alto y delgado, se había cortado el pelo, estaba muy serio y tenía esa manera de caminar tan increíblemente enérgica. Vestía una chaqueta cruzada, pantalones grises, por supuesto camisa azul, y lucía una corbata de Hermès azul con puntitos amarillos. Nada más verlo avanzar hacia mí me quedé sin aliento. Eso no era una imitación, no era un clon, sino un hombre de verdad, y sentí que el corazón me latía con fuerza mientras él se acercaba. Enseguida me di cuenta de que nada había cambiado entre nosotros. Sorprendentemente le amaba más que nunca. No es fácil de explicar, sobre todo teniendo en cuenta lo mucho que me había divertido con el clon. Supongo que se debía al hecho de que Peter era real, y Paul no.

De camino a casa no paramos de hablar de la vida, los niños, su trabajo y lo que había hecho en California en las últimas dos semanas. No mencionó a Paul ni una sola vez, ni me preguntó cómo había ido todo o cuándo se había marchado. Lo único que quiso saber fue por qué había ido al aeropuerto en una limusina en lugar de su Jaguar y tuve que explicarle que Paul había tenido un pequeño percance con el coche. Le aseguré que enseguida apagaron el fuego en el motor y, salvo los destrozos en la parte delantera, el vehículo no había sufrido grandes daños. Se podía abrir el maletero, los neumáticos estaban nuevos y le encantaría pintado de amarillo canario y con las ruedas rojas. Aunque vi que se le tensaba un músculo en la mandíbula, no dijo nada. Se comportó como un perfecto caballero y, como siempre, estuvo muy comprensivo.

Cuando llegamos a casa, estaba más animado. Dejó las maletas en el coche y subió a tomar un té. Entonces me besó, y cuando lo hizo, me di cuenta de que no había cambiado nada entre nosotros. Los besos de Peter eran más poderosos que el doble, triple o cuádruple salto mortal de Paul. Sólo verlo ya me flaqueaban las rodillas. Estaba loca por él.

Volvió a su casa a ducharse y cambiarse y, cuando vino por la noche a vernos a mí y a los niños, Sam y Charlotte se llevaron una decepción. Llevaba pantalones vaqueros, una camisa azul, un jersey de cachemira azul y los mocasines Gucci. Tuve que recordarme que se trataba de Peter y no de Paul y que, de momento, los días de la licra de leopardo y del lamé dorado se habían acabado. Intenté no imaginar a Paul sin su cabeza en el taller, pero lo más importante era que yo había vuelto a perder la mía por Peter.

Mientras le preparaba un martini en la cocina, Charlotte se me acercó y murmuró:

—¿Qué le ha pasado? Hace semanas que no se vestía de plasta, y ahora míralo.

La verdad era que le prefería así que con los tangas, la licra y los sombreros morados de vaquero. Me gustaba su imagen «plasta» y lo encontraba irresistiblemente sexy. Pero era difícil explicárselo a Charlotte, que prefería los vaqueros verdes fluorescente y los petos de satén fucsia que Paul le había prometido prestarle.

—Es que está cansado, Char —le expliqué vagamente—. Supongo que querrá estar tranquilo, o habrá tenido un mal día en la oficina.

—Creo que es un esquizofrénico —comentó sin rodeos. Tal vez la esquizofrénica era yo. Sin duda era una posibilidad a tener en cuenta.

Los chicos se sorprendieron todavía más cuando se enteraron de que Peter había vuelto a su casa. Les expliqué que las obras iban tan bien que ya no necesitaba nuestra habitación de invitados, al menos de momento. Al oírlo, Sam parecía a punto de echarse a llorar.

—¿Ya no vivirás aquí? —preguntó abatido, y Peter meneó la cabeza.

—Esta mañana me llevé mis cosas a casa —explicó Peter, y bebió un sorbo de martini.

—Seguro que es por lo mal que cocina mamá —sentenció Sam mientras negaba con la cabeza y volvía a su habitación.

Era un cambio para todos, sobre todo para mí. Peter y yo nos sentamos en el sofá cogidos de la mano y por fin, cuando los niños se durmieron, nos metimos a hurtadillas en mi habitación. Por costumbre tras las últimas dos semanas, encendí las velas a ambos lados de la cama y Peter arqueó una ceja.

—¿No es peligroso? —preguntó preocupado.

—No lo creo... es bonito. —Me volví hacia él y vi que me observaba con cautela. Sabía que los dos nos preguntábamos lo mismo. ¿Qué iba a pasar ahora?

—Eres preciosa, Stephanie —musitó—. Te he echado mucho de menos, ¿sabes? —Por su mirada, me di cuenta de que hablaba en serio.

—Yo también —murmuré a la luz de las velas.

—¿De veras? —inquirió preocupado, deseando que fuera verdad. Y realmente lo era, porque le amaba todavía más que antes.

—Las cosas sin ti no han sido iguales —susurré. Aunque se trataba de un eufemismo descarado, era verdad que lo había echado de menos, y mucho. Al verlo allí me acordé de todo lo que compartíamos. En ese momento tendió las manos hacia mí y me acercó hacia él. De pronto me olvidé de todo lo demás, como si Paul se hubiera desvanecido de mi memoria en cuanto Peter me tocó, borrando un montón de información y sentimientos. Era muy extraño y me costaba entenderlo.

Como siempre, Peter se mostró tierno, cariñoso, ingenioso, atento, sensual, y fue un amante extraordinario en todos los sentidos. No hubo números acrobáticos, ningún salto mortal, ni doble ni triple ni cuádruple. Sólo nosotros dos, transportados a un lugar que casi había olvidado en las últimas dos semanas. Después, mientras estaba entre sus brazos, me tocó el pelo con ternura y me besó.

—Dios mío, cómo te he echado de menos —repitió.

—Yo también... mucho... Han sido unos días de locura.

Pero en cierto modo, aunque en ese momento no lo sabía, me sirvieron para darme cuenta de lo mucho que lo amaba. No me preguntó por Paul ni lo que habíamos hecho juntos. Comprendí que no quería saberlo, aunque estaba segura de que lo sospechaba. Paul era una especie de regalo, pero para él se había acabado. Para mí, era algo que debería asimilar y con lo que tendría que vivir. Lo que realmente importaba para mí, el que formaba parte de mi vida, era Peter, no el clon. Y dondequiera que estuviera Paul en ese momento, sabía que ya le habrían desconectado los cables y quitado la cabeza.

—Hoy estabas guapísima cuando me fuiste a buscar —comentó Peter a la luz parpadeante de las velas—. ¿De dónde sacaste todos esos rubíes? ¿Son de verdad? —Eran extraordinarios, pero se había alegrado tanto de verme que se había olvidado de mencionarlos.

—Me los regalaste tú —sonreí, mientras me apoyaba en su hombro—. Paul me los compró en Van Cleef. Son bonitos, ¿no te parece?

—¿Los pagó con mi tarjeta de crédito? —preguntó Peter, intentando disimular la impresión. Asentí y noté que se ponía tenso.

—Dijo que sabía que tú querrías regalármelos. Gracias, mi amor. —Me acurruqué a su lado y noté su nerviosismo, a pesar de que no volvió a mencionar los rubíes—. Te amo, Peter —dije agradecida, recordando las cosas maravillosas que acababa de hacerme. Me alegraba de que hubiera vuelto y me sentía mejor que nunca.

—Yo también te amo, Steph —susurró. En ese momento supe que, dondequiera que estuviera, y volviera o no, Paul Clon, a su manera cariñosa e inimitable, me había acercado todavía más a Peter.

7

Los siguientes tres meses con Peter fueron increíbles y, en cierto modo, los chicos se adaptaron a él, aunque no entendían qué le había ocurrido tras la juerga de dos semanas, durante las cuales se vestía de forma tan extraña. No obstante, volvieron a acostumbrarse a los Gucci y yo también.

Peter y yo nos veíamos mucho, y lo cierto es que yo nunca había sido tan feliz como con él. Íbamos al cine y al teatro. Conocí a sus amigos y casi todos me cayeron bien. Los fines de semana que los chicos se iban con su padre Peter siempre los pasaba conmigo. De vez en cuando, si encontraba una canguro para los niños, me quedaba a dormir en su casa, y después volvía a casa a las seis de la mañana para prepararles el desayuno, sin dejar de sonreír por la noche pasada con Peter.

Estaba cada día más enamorada, pese a que él pasaba por períodos de frialdad y tenía dudas acerca de hasta qué punto debía involucrarse conmigo, supongo que debido a los años de independencia y soledad. Según él, yo era la primera relación seria que tenía desde hacía mucho tiempo. Le daba mucha importancia a su libertad. En realidad era muy distinto de Paul, que necesitaba poca libertad. Peter se había pasado mucho tiempo soltero y yo tenía la impresión de que no le resultaba fácil comprometerse.

Sin embargo, la relación parecía sólida. Significaba mucho para mí y era evidente que también para Peter. Era la relación más importante que había tenido, incluida la de Roger. Mi relación con Peter era real, con sus altibajos, sus risas y ocasionales lágrimas, así como las confidencias compartidas. Y a pesar de que dudé de él cuando me envió al clon, finalmente decidí que aunque quizá fuera un tanto singular, Peter era un hombre normal y cuerdo. El clon no era más que una faceta de él. Y por supuesto, como todos los hombres, de vez en cuando necesitaba recordarme que había partes de él que yo todavía no conocía, y otras que tal vez nunca conocería. Eso le confería cierto halo de misterio que a él le parecía importante, pero lo cierto es que yo le conocía bien y tenía menos secretos conmigo de los que creía. Estaba dispuesta a aceptar que había partes oscuras y ocultas de su forma de ser, pero no me asustaban. Lo que veía, lo que sentía y sabía era que se trataba de un hombre bueno, generoso, sensible, inteligente y afectuoso. Y él me lo demostraba de mil maneras.

Era muy paciente y cariñoso con los niños, y en su trato con Sam mostraba una ternura y empatía especiales. También toleraba y entendía las manías de Charlotte, y el hecho de que unos días fuera amable con él mientras que otros ni siquiera lo saludara. Yo la reñía cuando era grosera, pero entonces él me reprendía por mi falta de comprensión y me explicaba por qué no era fácil para ella, lo que me obligaba a reconsiderar mi postura y a darle tiempo para que lo fuera conociendo.

A finales de octubre tuvo un detalle con Sam que me conmovió. Fue en la fiesta de Halloween, y yo le había hecho a Sam un disfraz de Batman. Roger le había prometido llevarlo a una fiesta y yo me había comprometido con Charlotte a ir esa noche al baile de la escuela como supervisora. Para ella era importante que asistiera, porque la escuela había amenazado con suspender el baile si no iban suficientes supervisores y, como la mayoría de los padres no quería ir, si yo faltaba lo más probable era que lo anularan, así que le había jurado que no le fallaría. Sin embargo, a última hora llamó Roger y me informó de que Helena estaba enferma y no podría llevar a Sam. Le expliqué que tenía que hacerlo, pero él dijo que quizá Helena tenía apendicitis y nunca entendería lo importante que era esa fiesta, por lo que debería apañármelas sola. Mientras yo discutía inútilmente con Roger por teléfono, Peter escuchaba en silencio sentado en el sofá.

Tras colgar, me quedé un rato sin saber qué hacer ni qué decirle a Sam. Ya me había comprometido a ir al baile de Charlotte y ella estaba en su habitación, vistiéndose. Si me echaba atrás en el último momento, cometería un pecado que Charlotte nunca me perdonaría, pero si obligaba a Sam a quedarse en casa con una canguro el día de Halloween, se le rompería el corazón.

Miré a Peter con desesperación.

—¿Deduzco que Roger no puede llevar a Sam? —preguntó con tristeza mientras yo asentía y pensaba en las distintas soluciones. Tal vez una canguro podría llevar a Sam a la fiesta, pero a esa hora sería imposible encontrarla y, además, conociendo a Sam, seguro que diría que no quería ir a pesar de lo importante que era esa fiesta para él. Necesitaba desdoblarme y ser dos personas a la vez pero, a diferencia de Peter, eso era imposible. Yo no tenía un clon.

—Helena quizá sufre de apendicitis —le expliqué—. Dios mío, ¿por qué no le habrá ocurrido en otro momento?

Peter sonrió y se acercó a mí, mirándome afectuosamente.

—Ya lo llevaré yo, si él quiere. No tengo nada mejor que hacer. —En realidad, había quedado para cenar con unos amigos mientras yo iba al baile de Charlotte. Por otro lado, no sabía si Sam querría ir con él. Mi hijo esperaba ir con su padre y, aunque Peter le caía bien, aquélla era una noche especial—. ¿Y si se lo pregunto? —dijo con naturalidad—. Si a él le parece bien, anularé mis compromisos. —Yo sabía que apreciaba a la gente con la que había quedado; eran de Londres, sólo estarían un par de días y ésa era la única noche libre que tenían. Pero en ese momento era evidente que necesitaba su ayuda.

—Déjame a mí —respondí agradecida y me detuve a darle un beso—. Gracias... Sé que esto es muy importante para Sam.

Pero cuando Sam se enteró de lo ocurrido, se llevó tal disgusto que no quiso saber nada. No le importaba que Peter se ofreciera a llevarlo, estaba furioso con Roger, y tan desilusionado que formó una pelota con el disfraz de Batman y lo tiró al suelo.

—¡No pienso ir! —exclamó tumbándose en la cama con lágrimas de derrota y tristeza—. Papá siempre sale conmigo en Halloween... Ahora ya no será lo mismo.

—Ya lo sé, cariño... pero él no tiene la culpa de que Helena esté enferma. Tu padre no puede salir y dejarla sola. ¿Y si tiene que ir al hospital y él no está con ella?

Aunque la voz procedente de las profundidades de la almohada estaba amortiguada, le oí decir:

—Dile que llame a urgencias.

—¿Por qué no puede llevarte Peter?

—No es mi padre. ¿Y por qué no puedes llevarme tú? —preguntó Sam, volviéndose para mirarme con cara de pena y lágrimas en las mejillas.

—Tengo que ir al baile de Charlotte —le contesté.

En ese momento se abrió la puerta y Peter entró con cautela en la habitación. Se detuvo un momento y, tras dirigirle a Sam una mirada de hombre a hombre, le preguntó respetuosamente:

—¿Puedo pasar? —Sam asintió, pero no dijo nada mientras Peter se acercaba despacio a la cama y se sentaba en una esquina. Yo salí con sigilo de la habitación, rezando para que Peter supiera lo que tenía que decirle.

Después no sé muy bien qué pasó, salvo que al cabo de unos días Sam me contó que el padre de Peter había muerto cuando él tenía diez años y su madre tuvo que trabajar mucho para mantenerlos a él y a su hermano pequeño. Aunque nunca había tenido a nadie que lo llevara a los sitios, había estado muy unido al padre de su mejor amigo, con el que había ido a pescar, de acampada y una vez a esquiar. A pesar de que para Peter no había sido lo mismo que un padre, según le contó a Sam, en la actualidad seguían siendo buenos amigos. Y cada año iba a verlo a Vermont, donde vivía ahora, lo que significaba mucho para el anciano, ya que su hijo, el amigo de Peter, había muerto en la guerra de Vietnam.

Obviamente la historia había impresionado mucho a Sam, porque al cabo de media hora se presentó en mi habitación disfrazado de Batman, acompañado de Peter y con una mirada de resignación.

—Peter ha dicho que iría disfrazado de Robin —anunció Sam—, si puedes darle algo para ponerse.

Ningún problema, no hay nada más fácil que improvisar un disfraz de Robin veinte minutos antes de salir a un baile. La maternidad consiste en esos pequeños retos. Hicimos agujeros en un antifaz para dormir que le habían dado en uno de sus viajes en avión, encontré una vieja sudadera gris y una capa de lana negra y, al final, Peter se parecía bastante a Robin, incluso con su pantalón de franela gris. Por supuesto, no lo imaginaba saliendo a la calle con leotardos grises, aunque los tuviera. Por un momento, cuando le miré antes de que se marcharan cogidos del brazo, Peter me recordó al clon. Seguro que Paul habría tenido los leotardos y un par de botas de Versace a juego, pero el pantalón gris y los mocasines de Peter también estaban muy bien. Tras darles un beso a los dos antes de marcharse, fui corriendo a mi habitación a peinarme y vestirme para el baile de Charlotte.

—¡Llegas tarde, mamá! —me reprendió Charlotte cinco minutos después, mientras me ponía los zapatos y me subía la cremallera del vestido.

—No es verdad —repuse cogiendo el bolso y sonriendo. Estaba segura de que Peter me había salvado.

—¿Qué has estado haciendo?

Habría tardado demasiado en explicárselo. Se comportaba como si pensara que me había pasado la tarde comiendo bombones y viendo mi programa favorito de la televisión.

—Nada —contesté modestamente, excepto salvar la fiesta de Halloween de Sam y disfrazar a Peter de Robin. Nada importante, hacía esas cosas todos los días, me dije.

—Vamos, no podemos llegar tarde —señaló, y me dio mi abrigo y el bolso y salimos de casa.

Por suerte, llegamos a tiempo. Enseguida encontramos un taxi y me presenté a la hora prevista. Charlotte lo pasó en grande en la fiesta y, cuando volvimos a casa, Sam y Peter estaban sentados en el sofá, hablando como viejos amigos. Ya se habían liquidado varias barras de chocolate Hershey's, cuatro paquetes de caramelos y también vi varios envoltorios de Kit Kats por el sofá. Pero además del dolor de estómago que estaban a punto de compartir, era evidente que se había creado un nuevo vínculo entre los dos y, una vez más, Peter me había conquistado el corazón.

—¿Cómo ha ido? —pregunté en cuanto Charlotte se dirigió a su habitación tras darme las gracias por llevarla al baile.

—¡Genial! Peter y yo iremos al partido de Princeton contra Harvard —anunció Sam con orgullo—. Y me ha dicho que si papá no puede, él me llevará a la excursión de esquí de la escuela.

Cuando Peter me miró a los ojos por encima de la cabeza de Sam, percibí algo en su mirada que nunca había visto, algo tierno, abierto y cálido. Fueran cuales fueran las reservas que tenía Peter para comprometerse conmigo, esa noche Sam había hecho importantes avances hacia su corazón. Aquella mirada que, por mucho que avanzara la tecnología, nunca podría ser clonada.

Cuando fui a darle un beso de buenas noches a Sam, éste me miró con una sonrisa y me dijo, refiriéndose a Peter:

—Es fantástico.

—Te quiero, Sam —susurré, asintiendo y tratando de reprimir el nudo que tenía en la garganta.

—Yo también te quiero, mamá —dijo con un bostezo—. Gracias por un Halloween tan divertido.

Esa noche Peter y yo hablamos largo y tendido, de su infancia, de la muerte de su padre y de la de su madre cuando él tenía catorce años. En cierto sentido, era un hombre extraño y solitario, más de lo que había creído hasta entonces, y eso explicaba por qué era tan cauto antes de encariñarse con alguien. Creo que tenía miedo de querernos demasiado y que pudiera ocurrirnos algo terrible y perdernos. Pero por muchas defensas que hubiera erigido a lo largo de los años era obvio que Sam, con su disfraz de Batman la noche de Halloween, las había atravesado.

—Creo que me divertí más que él. Es un niño maravilloso —dijo Peter con cariño.

—Dijo algo parecido de ti antes de ir a dormir y estoy de acuerdo con él. Gracias por salvarnos el día, o más bien la vida.

—Ha sido un placer. —Hizo una especie de reverencia y añadió—: Robin a su servicio. —Me besó y noté el sabor del chocolate Hershey's y Kit Kat en sus labios. Eso es algo que me encanta en un hombre. Esa noche hubo muchas cosas que me gustaron de él y volví a enamorarme más que nunca.

Conocí al hijo de Peter el día de Acción de Gracias y, como era de esperar, desconfió de mí y fue todo lo grosero que pudo, lo cual me consoló. Me recordó a Charlotte al principio. Para entonces ésta había llegado a la conclusión de que Peter era aburrido pero inofensivo. Y Sam apreciaba a Peter, sobre todo después de lo de Halloween.

A principios de diciembre Peter me informó de que tenía que marcharse otras dos semanas a California. Hacía casi tres meses que no iba. Por supuesto, tenía miedo de hacer la pregunta obvia y, como después él no dijo nada, no me atreví a preguntárselo. Le llevé al aeropuerto con el Jaguar, que había vuelto a pintar de plateado. Su breve existencia de color amarillo canario nunca vio la luz del día, ya que Peter no lo dejó salir del taller, lo que en cierto modo me apenó. Paul consideraba que era un color ideal y, tras pensarlo detenidamente, lo había elegido creyendo que le gustaría a Peter. Pero al igual que con todo lo demás, sólo se parecían superficialmente.

Peter me besó apasionadamente cuando nos despedimos en el aeropuerto e insistió en que no pasara esos días sola y me mantuviera ocupada. Nos habían invitado a varias fiestas y me instó a que asistiera a todas. Le dije que no sabía qué haría y que lo pensaría mientras volvía a la ciudad. No quería ir a las fiestas sin él. La verdad es que casi lamentaba que no me enviara al clon. Lo echaba de menos. Habría sido divertido estar con él, pero era evidente que la última visita había molestado a Peter. Esta vez, antes de marcharse, Peter no mencionó que recibiría una sorpresa, y yo tampoco se lo pregunté. Creo que se arrepentía de lo ocurrido. Nunca volvió a hablar del clon y tenía la impresión de que su primera visita se le había ido de las manos.

Esa noche, cuando estaba haciendo la cena, el portero llamó por el interfono y anunció que había llegado algo. Al sonar el timbre le dije a Sam que fuera a ver qué era y éste volvió a la cocina con una amplia sonrisa.

—¿Qué es? —pregunté advirtiéndole que no abriera la puerta sin mirar antes por la mirilla.

—No se trata de algo, sino de alguien —respondió con una mirada de complicidad, y luego agregó—: Es Peter, ha vuelto, y parece que vuelve a estar de buen humor. Supongo que al final no fue a California.

De inmediato, solté la cuchara y corrí a la puerta con el delantal puesto. Iba vestida con vaqueros y un jersey viejo. Abrí la puerta y lo vi rodeado de maletas moradas de piel de cocodrilo. Era Paul, que sonreía. Sin duda, había embaucado al portero para que lo dejara subir sin anunciar su llegada. Siempre daba buenas propinas.

Llevaba pantalones de satén amarillo verdoso y chaqueta de visón, debajo de la cual se veía su pecho desnudo y el reluciente símbolo de la paz.

—¡Feliz Navidad! —exclamó, y me besó apasionadamente.

—¡Eres tú! —dije mirándolo de arriba abajo. No había cambiado nada en esos tres meses. Podía haber sido Peter, pero enseguida supe que era Paul, que había vuelto del taller donde le habían pulido los cables y cambiado los chips. Quién sabe qué le habrían hecho esta vez. En cualquier caso, me alegraba mucho de verlo—. ¿Cómo te ha ido? —De pronto me di cuenta de lo mucho que lo había echado de menos, incluso más de lo que le habría admitido a Peter o a mí misma.

—Bueno, me he aburrido bastante, pero gracias. Me he pasado tres semanas sin cabeza. Ni siquiera sabía que él se iba de viaje. Me enteré esta mañana y vine en cuanto me llamaron.

—Creo que lo decidió en el último momento —susurré, y me alegré de verlo más de lo que debía. Los últimos tres meses con

Peter habían sido maravillosos... pero Paul había traído consigo algo mágico y distinto, una especie de locura bendecida por un espíritu extravagante y conjurada por elfos. Calzaba botas camperas amarillas de piel de cocodrilo y, cuando se quitó la chaqueta de visón, vi que llevaba una camiseta negra transparente y tachonada de estrás. Estaba muy alegre y feliz de verme.

Abrazó a los niños y Charlotte puso los ojos en blanco. Luego inquirió:

—¿Y ahora qué? ¿Otro ataque de locura? —Sin duda estaba satisfecha de que así fuera, y Sam se rió de su ropa mientras Paul se servía medio vaso de whisky. Esta vez ya sabía dónde encontrarlo y, al sacarlo del armario, sonrió y guiñó un ojo a los niños.

—¿Vas a quedarte a dormir aquí? —preguntó Sam, sonriendo.

La última vez que «Peter» se había presentado con ese aspecto había pasado dos semanas en la habitación de los invitados. Aunque las botas camperas amarillas le parecieron un poco tontas, Peter era su amigo desde hacía meses, y no le importaba si se ponía pantalones caqui o de satén. En realidad los chicos empezaban a acostumbrarse a lo que consideraban simples cambios de humor y un gusto fluctuante por la ropa. Y como si quisiera confirmarlo, cuando Paul salió de la cocina con Sam, Charlotte me susurró:

—Mamá, necesita Prozac. Tan pronto está de lo más tranquilo y callado y sólo quiere jugar al Scrabble con Sam como viene y se comporta como Mick Jagger y se viste como Prince.

—Ya lo sé, cariño, pero es que está sometido a mucha tensión en el trabajo. La gente expresa esas cosas de diferentes maneras. Creo que se viste así para relajarse.

—No sé cómo me cae mejor. Me había acostumbrado a verlo normal. Todo esto me da un poco de vergüenza. La última vez me gustó, pero ahora creo que es un poco tonto. —Comprendí que estaba haciéndose mayor y sonreí.

—Ya se le pasará dentro de un par de semanas, Char. Te lo prometo.

—Como tú digas. —Se encogió de hombros y llevó la ensalada a la mesa.

Paul ya estaba sentado con Sam y nos hizo reír con anécdotas escandalosas sobre reuniones que había interrumpido con cojines que emitían ruidos sospechosos y ranas vivas. Era una faceta de él que a Sam le encantaba y yo no podía dejar de mirarle. Como Charlotte, me había acostumbrado a Peter y ahora, al volver a ver a Paul, me sentía un poco confusa. No sabía si estaba dispuesta a pasar por otras dos semanas de éxtasis y cuádruples saltos mortales. En el fondo, prefería la tranquilidad de Peter, que, a su manera, era más atractivo que Paul. Éste absorbía demasiada energía y consumía suficiente whisky para todo el estado de Nebraska. Ni siquiera tenía champán en casa para él. Pidió postre pero al final se conformó con media botella de Yquem que quedaba de la última vez.

Esa noche, le enseñó a Sam a jugar al póquer y jugó al mentiroso con Charlotte y, después de ganarle, los chicos se fueron a la cama encantados. Paul les había dicho que al final había decidido no ir a California y que se quedaba en casa porque había dejado su piso a unos amigos de Londres. Siempre procuraba dar explicaciones a los niños para que no descubrieran la verdad.

En cuanto Sam y Charlotte se fueron a dormir, fui sincera con él y le dije lo que pensaba.

—Paul, no sé si deberías quedarte aquí. En los últimos meses mi relación con Peter ha ido muy en serio y me temo que a él no le gustaría. —Lo más importante era que creía que tampoco me gustaría a mí. Estaba muy confusa.

—Fue él quien me mandó, Steph. De lo contrario, no estaría aquí. Llamaron desde su oficina. —Eso me sorprendió. Peter no parecía alegrarse de lo ocurrido cuando me envió el clon en septiembre—. Él sabe que estaremos juntos mientras esté fuera.

—¿Por qué? Yo sola puedo arreglármelas bien.

De pronto me sentí como si fuera una especie de ninfómana, como si necesitara acostarme con un hombre catorce veces al día y encima hacerlo colgada de una araña sólo porque Peter estaba en California. Además, para mí no era tan sencillo. Tenía muchas cosas que hacer con los niños, debía preparar las vacaciones, había empezado a buscar trabajo y me habían invitado a muchas fiestas. Intenté explicárselo mientras estábamos sentados en el salón y Paul abría otra botella de whisky.

—Seguro que él no quiere que estés sola por estas fechas, Steph. Sin duda me llamó y me mandó aquí por algo.

—Tal vez debería hablar con él —dije preguntándome cuál sería la mejor manera de llevar una situación tan delicada.

—Yo no lo haría. Creo que le gusta saber que estoy aquí, pero no quiere oírlo. —Yo había pensado lo mismo la última vez—. Soy como una especie de amigo imaginario, ¿entiendes a qué me refiero?

—Paul, tú no tienes nada de imaginario. Cuando te fuiste, me pasé dos meses con dolor de espalda. —Era verdad, ya que el cuádruple salto mortal no era tan sencillo como parecía, por muy hábil que fuera Paul. Peter tenía razón, era peligroso. Tuvo que recomendarme a su masajista, y se lo agradecí. No me preguntó cómo me había hecho daño en la espalda, pero estaba segura de que lo sabía sin necesidad de preguntarlo.

—Dímelo a mí... Después de la última vez tuvieron que cambiarme los cables del cuello —comentó Paul, y sonrió de una manera tan encantadora que, pese a mis buenas intenciones, sentí que mi resistencia cedía—. Pero valió la pena. Vamos, Steph, por los viejos tiempos... sólo son dos semanitas. Es Navidad. Si ahora vuelvo al taller, me sentiré fracasado.

—Puede que sea lo mejor para los dos. ¿Qué sentido tiene? Estoy enamorada de él, y lo sabes. No quiero estropearlo.

—No puedes. Soy su clon, por el amor de Dios. Yo soy él y él es yo.

—¡Oh, no, otra vez no! —exclamé, abrumada—. No puedo volver a pasar por todo eso.

—¿Acaso no te sentiste más cerca de él cuando me fui la otra vez? —preguntó, dolido porque dudaba de sus buenas intenciones.

—¿Cómo lo sabes? —Era verdad, pero él no podía saberlo. ¿O sí?

—Steph, es normal. Creo que me envió por eso. Quizá yo te muestro una faceta de él que no sabe enseñarte.

Eché un vistazo a los pantalones de satén y la camiseta con incrustaciones de estrás y me costó creer esa teoría. Peter tenía tantas cosas que, de ser así, seguro que no necesitaría mostrar esa faceta de sí mismo. Paul sólo era un experimento delirante que alguien había inventado, quizá el propio Peter, y ya desde el principio se le había escapado de las manos. Era una fantasía demente y yo no quería tener nada que ver con ella. Desde luego, no se trataba de mi fantasía, y ya no estaba tan segura de que también fuera la de Peter.

—Deja que me quede a dormir —insistió pese a mis explicaciones—. No habrá dobles saltos mortales, ni triples, ni cuádruples. Sólo nos acostaremos en tu cama y hablaremos, como viejos amigos, como en los viejos tiempos. Y me marcharé por la mañana, te lo prometo.

—¿Y adónde irás?

—Volveré al taller. Para que me decapiten.

Menuda manera de pasar las Navidades, pensé. Al menos nos merecíamos divertirnos un poco antes de que él volviera al taller. Al fin y al cabo, había estado allí desde septiembre, esperando a que Peter se fuera otra vez a California.

—De acuerdo, pero sólo por esta noche. Y nada de cosas raras. Puedes ponerte su pijama.

—¿Tengo que hacerlo? Son todos tan feos... Seguro que es de color beige o algo así. —Se estremeció al pensarlo, como si un color tan insulso pudiera hacerle daño. No se habría sentido así si el pijama hubiese sido de satén amarillo verdoso.

—Es azul marino y ribeteado de rojo. Te encantará.

—Lo dudo. Pero me lo pondré por ti. —Lamenté haber tirado mi último camisón de franela. Ya no me quedaba ninguno. Decidí dormir con la bata, por si acaso. No quería incitar a Paul a hacer nada de lo que después pudiéramos arrepentirnos.

Finalmente, antes de meternos en la cama fuimos al cuarto de baño por separado. Él salió con el pijama azul marino y con cara de estar a punto de vomitar y yo salí con mi casto camisón y la bata de felpa que él me había comprado en el Veintiuno. Todo era muy distinto de la última vez que lo vi. Y esta vez no había velas Peter tenía razón, podían provocar un incendio.

—¿Ni siquiera una pequeñita...? —preguntó, desesperado al ver que no encendía las velas. Le encantaba la luz de las velas, y a mí también.

—No. Voy a apagar la luz —le advertí, y me acosté a su lado. Sin embargo, en cuanto me puso el brazo alrededor de los hombros, tuve la sensación de que era Peter. Si bien me recordé a mí misma que no lo era, no me era fácil en la oscuridad.

—¿Por qué estás tan tensa esta noche? —preguntó con tristeza—. Seguro que está volviéndote frígida o algo así. No me extraña que me haya enviado.

—No estás en una misión —le recordé—. Estás aquí de visita, como un viejo amigo y como un producto de su imaginación que de vez en cuando enloquece. —Los últimos tres meses Peter se había comportado de una manera tan normal, que ahora me costaba pensar que hubiera sido capaz de idear y crear un clon.

—¿Y tu imaginación, Steph? ¿La has perdido por completo o es que él te la ha matado?

—No, me ha hecho muy feliz.

—No te creo —replicó con firmeza. Yo fruncí el entrecejo en la oscuridad. No me gustaba esa conversación. No le había invitado a quedarse para darme una oportunidad de defenderme, sino porque me daba pena—. Si de verdad fueras feliz, serías tan divertida como antes. Ahora estás más tiesa que él.

—No puedo acostarme con los dos. Es una locura.

—Yo no soy «los dos». Somos una persona.

—Entonces estáis locos.

—Es posible, pero ambos te queremos —dijo con naturalidad.

—Yo también os quiero, pero prefiero no volver a liarme. La otra vez, cuando estuve contigo, creí que te amaba a ti y no a él. Pero cuando él volvió, me di cuenta de que era al revés. Además, de todos modos te habían quitado la cabeza, así que era una situación absurda. —¿Cómo podía hablar de eso con él? Sin embargo, parecía querer hacerlo. Y cuando me contestó, advertí que estaba irritado.

—Y tú sabes dónde tienes la cabeza, ¿verdad?

—No me insultes.

—¿Por qué no te callas ya? —dijo y, antes de que pudiera impedírselo, me besó. Pese a mis esfuerzos, ya estábamos otra vez. De pronto volví a sentir lo mismo que la primera noche, a pesar de las promesas que me había hecho al respecto.

—¡No! —protesté, y él volvió a besarme mientras me odiaba a mí misma más que a él. Era ridículo. En cuanto me tocaba, me resultaba imposible resistirme.

—Así me gusta —musitó, y me entraron ganas de pegarle. Pero no lo hice, sino que seguí besándolo y, al cabo de un rato, ya no pude parar. Sólo quería estar allí y besarle. Y cuando me tocó, ya no me bastaron los besos, lo quería todo de él. Lo peor era que echaba de menos a Peter mientras sentía que Paul formaba parte de él. Me resultaba imposible distinguirlos y con quién y por qué estaba haciendo el amor. Cuando acabamos, estaba tan loca como ellos, ya no me importaba cuál de los dos estaba en la cama conmigo. Me sentía feliz y tranquila, y hasta me divirtió el doble salto mortal cuando por fin lo hicimos.

—Eres maravillosa —susurró, mientras yo pensaba en el extraño regalo que había recibido y en lo mucho que los dos significaban para mí. No obstante, seguía prefiriendo a Peter y sabía que siempre sería así, aunque lo cierto es que me encantaban las fantasías de Paul.

—Creo que no me haces ningún bien —mentí tratando de que se sintiera culpable, puesto que a mí me resultaba imposible. Al fin y al cabo, la culpa era de Peter: él lo había inventado y me lo había enviado. Si él no hubiese querido que ocurriese, no debería haberlo enviado. Pero ¿y si se trataba de una especie de prueba, una prueba de mi castidad y fidelidad? En ese caso, tenía un problema, porque mientras que el hombre con el que me acostaba fuera el clon de Peter y no un extraño, en el fondo me daba igual. A efectos prácticos, Paul parecía el mismo hombre, tenía la misma cara y el mismo cuerpo, el mismo espíritu. Sólo la ropa era distinta, y el triple salto mortal, claro, que por otro lado era genial.

—No es cierto —objetó Paul—. No digas cosas que no son verdad y que no tienen por qué serlo.

—Entonces, ¿esto qué es? Explícamelo. Porque yo no puedo —dije, confusa por sus palabras y por mis sentimientos.

—Es una fantasía. Una extensión de él. Además, yo regalo unas joyas preciosas. Por cierto... —Encendió la luz, metió la mano en el bolsillo del pijama de Peter, tirado en el suelo, sacó una enorme pulsera de diamantes y me la dio.

—Dios mío, ¿qué es esto?

—¿Tú qué crees? No es una raqueta de tenis, ni una serpiente. Pasé por Tiffany de camino hacia aquí.

—Paul, estás loco... pero me encanta. —Esbocé una amplia sonrisa mientras él me la ponía—. Ahora sí que debería sentirme culpable. Seguro que pensarás que puedes comprarme.

—Yo no puedo pagar estas cosas, sólo Peter puede. ¿Por qué no te casas con él, Steph, en lugar de ir de una casa a la otra y de tener que esconderos de los niños? Todo eso es una pérdida de tiempo. Además, os amáis.

—Eso no tiene nada que ver.

—No, precisamente se trata de eso.

—No estoy tan segura. Yo ya estuve casada y después de trece años Roger me dijo que nunca me quiso. No puedo volver a pasar por algo así.

—Roger es un idiota y lo sabes. Peter es distinto.

—De todos modos, no me lo ha pedido. ¿Y qué sería de nosotros si me lo pidiera? Ya no nos veríamos, se acabarían las joyas.

—No seas tan avariciosa. Además, eso dependería de él. Quizá seguiría enviándome a tu casa cuando él fuera a California.

—Lo dudo —contesté quedamente, preguntándome hasta qué punto estaba loca al hablar de esas cosas con un clon, ni siquiera una persona real. Pero era listo, casi tanto como Peter, y en cierto modo le quería, aunque no tanto como a Peter. A veces, era encantador, y otras, sólo parecía una mala imitación de Peter.

—Seguro que te llevaría a California con él —añadió Paul con aire pensativo—. Bueno, al menos eso es lo que debería hacer. Y si no, podremos pasarnos la vida haciendo el cuádruple salto mortal. Piensa que podrían ocurrirte cosas peores. Creo que le amas de verdad y a veces pienso que es la única razón por la que también me amas a mí. —Estaba en lo cierto, pero no quería hacerle daño. En algunas cosas era tan susceptible que me costaba recordar que tenía cables en lugar de corazón.

—De todos modos, no voy a casarme con él. Así que tendrás que seguir comprándome joyas y pagándolas con su tarjeta de crédito. Ya puedes ir acostumbrándote.

—El problema es que ya estoy acostumbrado —dijo mientras seguíamos tumbados uno al lado del otro en la oscuridad. Para entonces me alegraba de que hubiera vuelto y empezaba a darme cuenta de lo mucho que lo había añorado. Me dijo cosas que Peter jamás me habría dicho—. Te habría echado mucho de menos —añadió con tristeza—, si él no me hubiese dejado volver.

—No te preocupes... y ahora vamos a dormir —dije con un bostezo.

Esta vez había algo en él muy vulnerable que me conmovió. Paul se durmió enseguida y yo me quedé pensando en todo lo que había dicho y en lo que sentía. Estaba tan confusa. Era como si me acostara con dos hombres idénticos y no sabía muy bien dónde acababa uno y empezaba el otro. Ése era el precio que tenía que pagar por dormir con un clon, un hombre hecho con chips informáticos y cables. Pero en Paul había algo más que lo aparente a primera vista. Y no debía olvidar el cuádruple salto mortal, además de las joyas. Sonreí mientras me dormía acurrucada a su lado, encantada de que Peter hubiera decidido enviarlo.

8

Durante los siguientes días me concedí todos los caprichos. Hicimos lo mismo que la otra vez. Pospuse la búsqueda de trabajo hasta enero y nos pasábamos todo el día en la cama mientras los niños estaban en la escuela. Por las noches practicábamos el triple salto mortal y el fin de semana Paul se lo pasó de fábula con los niños. Hasta los llevamos a patinar sobre hielo en el Rockefeller Center, y él se puso un mono de una pieza de licra azul celeste con estrás en el cuello. Tratándose de él, era un traje bastante conservador. Paul resultó ser un buen patinador, y todos los que estaban en la pista de hielo se quedaron prendados de él.

Una tarde, se pasó por la oficina para ocuparse de un par de asuntos de Peter. Éste me había llamado varias veces desde California y parecía tener muchos problemas de trabajo. No le mencioné a Paul ni le dije que estaba conmigo. Supuse que o bien lo sabía o no quería saberlo, así que opté por callar. Además, Paul me tenía muy ocupada, aunque esta vez fue distinto.

Me sentía dividida por mi amor hacia los dos, y hasta los regalos con que Paul me agasajaba me hacían sentirme incómoda, sobre todo porque sabía que los pagaría Peter. Ese día, cuando se fue a trabajar, llamé al psiquiatra que me había visitado cuando Roger me dejó. El médico se sorprendió al oírme, habían pasado dos años desde que me trató y debió de suponer que o bien me había suicidado, había vuelto con Roger o encontrado a otro con el que torturarme. Por suerte, acababan de anular una visita y me dijo que podía verme al cabo de media hora si me daba tiempo de llegar, y le aseguré que sí.

En dos años su consulta apenas había cambiado, la butaca en la que me senté delante de él estaba un poco más gastada y los cuadros en la pared parecían un poco más deprimentes. Él estaba más calvo y la alfombra, un poco más raída. Aparte de eso, todo seguía igual. El doctor se alegró de verme. Tras los preliminares habituales, decidí ir al grano. Me sentía muy confusa por culpa de Peter y Paul. Estaba más enamorada de Peter que nunca, él era todo lo que siempre había querido, y nos llevábamos muy bien. Pero cuando se marchaba, me veía inmersa en una aventura demencial con Paul, mi amigo imaginario, como lo llamaba ahora, aunque el problema era que no tenía nada de imaginario. De hecho, cada día era más real y estaba loca por él de una manera que me asustaba, por eso había ido a ver al doctor Steinfeld.

—Bueno, Stephanie, ¿y qué te trae por aquí? —preguntó con amabilidad el doctor Steinfeld—. No habrás vuelto con Roger, ¿verdad?

—No, claro que no.

Charlotte acababa de contarme que Helena y él iban a tener un hijo y lo cierto es que no me importó en absoluto. Siempre había pensado que me sentaría fatal, pero estaba demasiado ocupada haciendo el cuádruple salto mortal con Paul y echando de menos a Peter en California como para preocuparme por el hijo de Roger y Helena.

—No, es otra cosa. —No quería perder ni un segundo contándole lo de Helena y el bebé—. Estoy teniendo una relación con dos hombres que me está volviendo loca. No, en realidad no son dos, es uno solo. Bueno, más o menos. —Al ver la expresión del doctor Steinfeld comprendí que no me resultaría fácil explicárselo.

—¿Tienes una relación con un hombre o con dos? No sé si te he entendido bien.

En fin, yo tampoco lo entendía, y él parecía casi tan confuso como yo.

—Uno es real y el otro imaginario —respondí—. Aunque con este último me lo paso muy bien en la cama. Sólo aparece cuando el real se va de viaje. De hecho, es el real el que me lo envía. —El doctor Steinfeld asentía y me miraba fascinado. Era evidente que me había vuelto mucho más interesante y neurótica de lo que jamás sospechó que podía llegar a ser.

—¿Y cómo es tu vida sexual con... el real?

—Fantástica —respondí sin la menor vacilación, y él asintió.

—Me alegro. ¿Y el otro sólo es una fantasía? ¿De qué clase? Puedes contármelo, sé que confías en mí.

—En realidad se trata de los dos. Sé que le sorprenderá, doctor Steinfeld, pero el otro, Paul, en realidad es un clon del primero, que se llama Peter.

—¿O sea que se parecen mucho? ¿Son gemelos?

—No, me refiero a que son la misma persona. Paul es el clon de Peter, más o menos... Verá, Peter se dedica a la biónica y ha realizado unos experimentos muy originales, y le amo. —La frente del doctor Steinfeld se perló de pequeñas gotas de sudor. Tuve que admitir que el asunto que me había llevado allí no iba a ser fácil para ninguno de los dos y casi me arrepentí de haber ido a verlo.

—Dime, Stephanie, ¿has estado automedicándote? Ya sabes, algunos medicamentos tienen graves efectos secundarios y pueden provocar alucinaciones.

—No estoy alucinando. Paul es el clon biónico de Peter, y éste me lo envió cuando se marchó de viaje. Me acosté con él durante dos semanas en otoño y ahora ha vuelto. Creo que me estoy volviendo loca. Con cualquiera de los dos me siento enamorada... pero sé que amo a Peter. Él es real.

—Stephanie —dijo el médico con firmeza—, ¿oyes voces? ¿Incluso cuando no estás con ellos?

—No, no oigo voces, doctor. Me acuesto con dos hombres, y no sé qué hacer.

—Bueno, eso está claro. ¿Son los dos hombres reales, Stephanie? Es decir, ¿son humanos, como tú y yo?

—No —repuse con cautela—. Uno de ellos no lo es. Ahora Paul está aquí, porque Peter se ha ido de viaje. Él me lo envió —insistí.

El doctor Steinfeld se enjugó la frente sin dejar de mirarme, mientras yo deseaba estar en cualquier sitio del planeta menos en su consulta.

—¿Está Paul en esta habitación ahora mismo? —preguntó—. ¿Lo ves?

—Claro que no.

—Muy bien. ¿Te sientes abandonada cuando Peter se va? ¿Necesitas llenar ese vacío con otra cosa, incluso con una persona imaginaria?

—No, no me lo invento porque me sienta rechazada. Me lo envía Peter.

—¿Cómo te lo envía? —¿Quizá en un ovni? Sin duda esperaba que le contestara algo así. Era inútil.

—Paul aparece con unas quince maletas moradas de piel de cocodrilo de Hermès. También tiene una manera de vestir algo extravagante, pero me divierto mucho con él.

—¿Y Peter? ¿Cómo es?

—Fantástico, conservador, listo, cariñoso y muy bueno con los niños. Estoy loca por él.

—¿Y cómo viste?

—Vaqueros y camisas normales, pantalones de franela gris y chaqueta.

—¿Preferirías que se pareciera a Paul?

—No, me encanta tal como es. De hecho, es más atractivo que Paul, y eso sin esforzarse. Cuando le veo, me flaquean las rodillas. —Sonreí al pensarlo.

—Me parece muy bien, Stephanie. ¿Y cómo te sientes con Paul?

—También le amo. Le encanta divertirse, y a veces es un poco maleducado. Pero también quiere mucho a mis hijos, y es muy cariñoso y bueno en la cama. Sabe hacer una especie de voltereta en el aire y después aterrizamos en el suelo, yo encima de él, y... —En ese momento vi que el doctor Steinfeld estaba al borde de un ataque de nervios y me dio pena.

—¿Volteretas en el aire? ¿Eso es con el imaginario o con el real?

—No es imaginario, doctor, es un clon. Un clon biónico. Tiene cables. Pero es idéntico a Peter.

—¿Qué ocurre cuando Peter vuelve? ¿Desaparece o sigues «viéndolo»?

—No. Se lo llevan otra vez al taller, le revisan los cables y le quitan la cabeza.

Para entonces el doctor Steinfeld sudaba abundantemente y me miraba frunciendo el entrecejo. No había ido a verlo para torturarlo, sino para desahogarme, y obviamente la cosa no iba bien... para ninguno de los dos.

—Stephanie, ¿has pensado alguna vez en medicarte?

—¿Con qué? ¿Con Prozac? Antes tomaba Valium. Me lo recetó usted.

—De hecho, estaba pensando en algo un poco más fuerte, algo más adecuado para tu problema, quizá Depakote. ¿Lo conoces? ¿Has tomado algún medicamento desde la última vez que te vi?

—No.

—¿Has estado ingresada recientemente? —preguntó apenado, y de pronto temí que el médico estuviera pensando en encerrarme en un manicomio. Sin embargo, quizá ése era el lugar donde debía estar.

—No. Y sé que todo esto parece ridículo, pero es la verdad. Se lo juro.

—Sé que lo crees. Estoy seguro de que esos dos hombres son reales para ti. —Estaba seguro de que yo había inventado a mis dos amantes y de que estaba loca de remate, lo cual era cierto, pero no tanto como él creía. De pronto odié a Peter por ser la causa del problema—. Ya se nos ha acabado el tiempo, pero quiero que tomes este medicamento que voy a recetarte. Y te haré un hueco para visitarte mañana.

—No tengo tiempo. Paul y yo vamos a ir con los niños a comprar los regalos de Navidad.

—Ya veo —asintió, todavía más preocupado—. ¿Roger tiene la custodia de los niños?

—No, la tengo yo.

De pronto le miré y me entraron ganas de reír al ver lo consternado que estaba por lo que acababa de contarle. Pensé que ojalá hubiese visto a Paul vestido de lamé plateado o dorado, morado, amarillo verdoso, fucsia o violeta. El mono de leopardo también habría servido, o el traje de terciopelo naranja que se había puesto la noche anterior para cenar. Al doctor Steinfeld le habría encantado. Entonces sí que habría entendido por qué me sentía tan confusa.

—¿Tienes dolores de cabeza, Stephanie? ¿Muy fuertes?

—No, doctor —contesté con una sonrisa, y me puse en pie—. Lamento que todo esto sea tan extraño.

—Pronto se aclarará. Te sentirás mucho mejor con este medicamento. Tardará un par de semanas en hacer efecto, así que es muy importante que empieces a tomarlo lo antes posible. Quiero que me llames mañana y pidas otra cita.

—De acuerdo —asentí, y me apresuré a salir de allí antes de que me encerrara.

Paré un taxi y volví a casa. Al llegar, Paul estaba jugando con los niños y ya iba por la segunda botella de whisky. Me lo quedé mirando mientras meneaba la cabeza, igual que el doctor Steinfeld.

—¿Estás bien? —preguntó poco después, cuando vino a ver qué hacía para cenar.

—No, te odio —le espeté—. Esta tarde fui a ver a mi antiguo psiquiatra y gracias a ti y a ese lunático que te envió aquí lo convencí de que estoy como un cencerro.

—¿Le has dicho que no lo estás y que los locos somos nosotros?

—Lo he intentado, pero me temo que tiene razón. Creo que es contagioso.

—¿Qué te ha dicho? —preguntó Paul, muy interesado.

—Que tome un medicamento para las alucinaciones. Le dije que eras un clon y me preguntó si en ese momento estabas en la habitación. Qué bonito, ¿verdad?

—Mucho. Te aseguro que si yo hubiese estado allí, se habría enterado.

—¿No me digas? —Iba vestido con un pantalón de terciopelo de cebra y una camisa de satén negro con los botones desabrochados hasta la cintura, mostrando el símbolo de la paz en su pecho—. Además de verte, te habría oído. —Paul me miró y percibió algo extraño en mi voz. No estaba de humor para sus payasadas. Por primera vez me había hartado de su ropa escandalosa, de su manera de beber y del hecho de levantarme del suelo después del doble salto mortal. Echaba de menos a Peter.

Después de cenar, cuando Peter me llamó, me llevé el teléfono al cuarto de baño para hablar a solas con él.

—¿Cómo estás?

—Bien, gracias, pero loca.

—¿Los niños están dándote problemas?

—No, eres tú, sois vosotros —contesté, y al instante Peter entendió a qué me refería.

—¿Está allí otra vez? —inquirió, sorprendido y no muy contento.

—Como si no lo supieras. ¿Acaso no lo enviaste tú?

—Esta vez no. Creí que no lo necesitarías porque ibas a estar muy ocupada.

—Entonces ¿cómo llegó aquí? —Por una vez, no sabía si creerle. Aquello era excesivo.

—Te aseguro, Steph, que no lo sé. Pero si está molestándote, dile que se marche. Haré que vayan a recogerlo mañana. Se lo llevarán al taller y le quitarán la cabeza.

—No —me apresuré a decir—. Puede quedarse hasta que vuelvas. —Pese a toda la locura que suponía su presencia, no deseaba que se fuera.

—¿Quieres que se quede? —preguntó contrariado.
—Ya no sé qué quiero. Ése es el problema.
—Ya veo.
—Por el amor de Dios, hablas como el doctor Steinfeld.
—¿Y ése quién es? —Era la primera vez que oía hablar de él.
—Un psiquiatra al que le habría gustado encerrarme. Todo esto es culpa tuya. ¿Por qué no puedes largarte y dejar que te añore, como la gente normal? En cambio, tienes que enviarme un maldito clon para que me cuide y me vuelva loca. —Estaba enfadada. Todo era muy molesto. Y por mucho que le amara, él tenía la culpa de todo.
—Creí que te gustaría.
—Y me gusta.
—Quizá demasiado. ¿Es eso lo que quieres decir? —preguntó, casi tan disgustado como yo y bastante celoso.
—No sé lo que quiero decir. Tal vez los dos estamos locos.
—Intentaré volver antes —dijo realmente preocupado.
—Quizá deberíamos vivir los tres juntos. Y, por cierto, Helena está embarazada.
—¿Por eso estás así?
—Es posible... No, no lo creo. Pero los niños se lo han tomado muy mal. La odian. Y no soportan la idea del bebé.
—Lo siento, Steph.
—No, no lo sientes. —De pronto me eché a llorar mientras oía a Paul en la habitación contigua hablar con los niños—. Es un alcohólico, por el amor de Dios, y si vuelvo a ver esos malditos pantalones de cebra, tendré un ataque de nervios. Quizá ya lo estoy teniendo. ¿Cómo ha podido ocurrirme algo así?
Peter tenía la culpa de todo y quería odiarle, pero no podía. Todavía le amaba. Y sabía que mis hijos también le querían, incluso Charlotte, aunque jamás lo habría reconocido. Sam había sido su leal seguidor desde hacia meses, sobre todo después de que Peter lo rescatara cuando Roger lo dejó colgado en Halloween.
—Sólo fue un experimento, eso es todo. No te lo tomes tan en serio. —Parecíamos dos locos, pero por suerte el doctor Steinfeld no podía oírnos.
—¿Que no me lo tome en serio? Está viviendo aquí, estoy enamorada de ti y a veces no soy capaz de distinguiros. Cuando está en la ducha, se parece a ti y, vestido, se parece al maldito Elvis Presley.

—Lo sé, lo sé... Intentamos corregir eso, pero no nos dejó.

—Sospeché que no quiso preguntarme cómo pude ver a Paul en la ducha, pero sin duda no le habría costado mucho adivinar lo que estaba pasando entre nosotros. Además, supuse que Peter conocía a Paul mejor que nadie.

—Cree que deberías casarte conmigo. ¿Te das cuenta? Está más loco que tú. —Me eché a llorar y se produjo un largo silencio. Luego añadí—: No te preocupes. Le dije que ninguno de los dos estaba lo bastante loco para hacer algo así.

—Me alegro —dijo con cierta frialdad.

—Y yo. Tal vez debería dejaros a los dos durante un tiempo e intentar recuperar la cordura. —Antes me sentía mucho mejor, cuando estaba sola y me pasaba las tardes viendo la televisión, pensé. Y cuando estaba con Roger, creía tener una vida de verdad, pero hasta eso se ha ido a pique. Mira ahora qué tengo: el hombre biónico y el doctor Frankenstein, el inventor loco. Estaba tan alterada que no podía parar de llorar.

—Estas fechas son duras para todo el mundo, Steph. Estás nerviosa, intenta relajarte. Volveré pronto y él regresará al taller. Si quieres, puedo ordenar que lo desmonten.

—Eso sería terrible para él. Además, me gusta. —Y eso nos llevó otra vez al principio de todo. Quería a Peter, pero no deseaba perder a Paul. Era una situación de locos.

—Tómatelo con calma. Intenta dormir esta noche. Él está en la habitación de los invitados, ¿verdad?

—Sí, claro. —Idiota, quise decirle, ¿qué crees? No lo han hecho para dormir en una habitación de invitados—. Te amo —musité con tristeza.

—Yo también. Te llamaré por la mañana.

Colgó y esa noche fue igual que las demás. No pude resistirlo: los cuádruples saltos mortales y el sexo fabuloso, la luz de las velas, los masajes y el aceite perfumado. Y cuando llegó la mañana, seguía despierta y tan confusa que los odiaba a los dos. Quería que Peter volviera y el clon se quedara, no volver a ver a ninguno de los dos y no repetir ni un solo doble o triple salto mortal ni recibir una sola joya. Quería que todo siguiese igual y también que se acabara y, cuando por fin me dormí, soñé con Peter. Estaba allí, mirándome, con el brazo alrededor de los hombros de Helena, y Paul estaba a su lado con esos malditos pantalones de cebra y riéndose de mí.

9

A finales de la segunda semana con Paul estaba más confusa que nunca, pero nos lo pasamos muy bien juntos. Asistimos a todas las fiestas de Navidad a las que me habían invitado y, pese a unas cuantas meteduras de pata sin importancia, se portó bien. Intenté que me dejara elegirle la ropa, pero por supuesto fue imposible. Se había comprado un traje plateado, con bolas de Navidad que colgaban de la chaqueta y lucecitas de colores en los pantalones. Le pareció un traje muy festivo y la anfitriona de la primera fiesta a la que fuimos creyó que se trataba de una broma encantadora. Qué poco sabía que Paul iba en serio y creía que ese traje era el no va más.

En la fiesta se comió todos los aperitivos, incluyendo el caviar y, cuando ya no quedaba nada, metió los peces tropicales en el vaso y también se los comió. Creo que nadie excepto yo se dio cuenta, y nos fuimos antes de que se excediera de verdad o de que disgustara todavía más a la anfitriona.

La segunda fiesta a la que asistimos estaba organizada por unos viejos amigos míos que ya conocían a Peter. Cantaron villancicos, sirvieron un bufé fabuloso e insistieron en jugar a las charadas en el salón después de cenar. Yo escogí *Lo que el viento se llevó* y nadie la adivinó, lo que debió de inspirar a Paul, porque eligió una sola palabra, «una corta», dio a entender, y sólo tardé unos segundos en darme cuenta de que se trataba de la palabra *pedo*. Es fácil imaginar lo que hizo para que la adivinaran. Esa noche nos fuimos de la fiesta un poco temprano, pero pese a mis disculpas, los anfitriones aseguraron que Paul había sido todo un éxito, sobre todo con los niños. Dijeron que se le veía mucho más «extrovertido» que cuando lo conocieron y que era un auténtico espíritu libre, y lo cierto es que no pude estar más de acuerdo con ellos. Sin embargo, me sentía furiosa con él por su conducta escandalosa, y así se lo dije en cuanto salimos a la calle.

—Te has pasado, ¿no crees? —le reprendí en el taxi de camino a casa.

—¿Los villancicos...? No, a mí me gustaron.

—Me refiero a la charada. Estaban representando películas, Paul, y nunca he visto una película llamada *Pedo*.

—No te pongas así, Steph, si les encantó. Todo el mundo se rió. Era tan fácil que no pude resistirlo. De todos modos, la culpa es de ellos. No tenían que haber servido judías en el bufé. Las judías no son un plato navideño —dijo con naturalidad.

—Nadie te obligó a comerlas. Me has hecho quedar fatal.

—¿Estás enfadada conmigo, Steph? —preguntó molesto.

Al mirarlo con su traje adornado con bolas de Navidad y los pantalones iluminados, negué con la cabeza. ¿Cómo podía enfadarme? Era tan entrañable y tonto.

—Supongo que no, pero debería estarlo.

Lo peor era que, por mucho que me irritara, sabía que en cuanto se marchara lo echaría de menos. Y ese día se acercaba. Ya nos quedaba poco tiempo para estar juntos. Había algo en él que era superior a mí, sabía que no era la ropa ni el doble salto mortal, sino más bien algo relacionado con su honradez, su inocencia y su manera de ser tan entrañable. No podía resistirlo.

—Te quiero, Steph —dijo acurrucándose a mi lado en el taxi—. Ojalá pudiera pasar la Navidad contigo.

Quise decirle que yo no lo deseaba, pero habría mentido. A veces quería que se quedara para siempre, con su ropa de loco y su conducta escandalosa. Aunque no fuera fácil llevarlo a fiestas, cuando estábamos solos, siempre éramos felices.

Estaba tan arrepentido de haberme contrariado que propuso parar en el Elaine's a tomar una copa, un bar que yo solía frecuentar con Roger y al que no había vuelto desde que me dejó. Me apetecía ir, de modo que, tras vacilar un momento, acepté la propuesta.

El taxi nos dejó en la esquina y Paul me puso el brazo alrededor de los hombros mientras nos encaminábamos hacia el Elaine's. Como siempre, la barra estaba atestada y Paul pidió un whisky doble solo para él y una copa de vino blanco para mí. En realidad no me apetecía, pero me gustaba estar allí y, pese al ridículo traje de Paul, me sentía feliz de haber ido al Elaine's con él. Además, la gente que frecuentaba el local era lo bastante excéntrica como para que Paul pasara inadvertido, al contrario de lo que ocurría en el Veintiuno.

Nada más catar el vino, me volví y vi a Helena, que lucía un vestido de terciopelo rojo ribeteado de piel de conejo blanco o alguna otra clase de piel. Estaba radiante, aunque sin duda lo más impresionante era el escote del vestido. No pude evitar contemplar su magnífico pecho blanco, tan hermoso que, al verlo, uno ya ni se fijaba en su barriga ligeramente prominente. Al alzar la vista vi a Roger, que me observaba, incómodo, y después miró a Paul. En ese momento las bolas de su chaqueta me resultaron más grandes que nunca e, incluso en medio de la multitud, parecía que las luces de los pantalones lo rodeaban con una especie de brillo.

—¿Qué es eso? —preguntó Roger sin preámbulos, mirándolo atónito. Había oído hablar de Peter por los niños, pero en ningún momento lo habían preparado para lo que tenía ante él.

—Es Paul... O sea, Peter —contesté muy tranquila, apartando un trozo de la piel del vestido de Helena que se me había posado en la nariz.

—¡Menudo traje! —exclamó Roger, y Paul se lo tomó como un cumplido. Como yo conocía a Roger, sabía que estaba horrorizado.

—Gracias, es de Moschino —explicó amablemente, sin saber quién era Roger y mucho menos Helena—. Suelo vestirme con Versace, pero no pude resistir este traje para la Navidad. ¿Qué clase de piel es ésa? —preguntó mirando fijamente el escote de Helena, y después se volvió hacia mí con una sonrisa—. ¿Son amigos tuyos?

—Son mi ex marido y su mujer —le informé muy seria, y me volví hacia mi sucesora. Debía ser amable con ella por los niños, o quizá incluso por Roger—. Hola, Helena.

Me sonrió con nerviosismo y, tras decirle a Roger que iba a empolvarse la nariz, desapareció entre la multitud, rodeada de una nube de piel blanca mientras Roger sonreía al hombre que se creía Peter. Le habría encantado saber que Paul era un clon.

—Los niños me han hablado de ti —comentó Roger vagamente. Paul asintió y, tras decir que iba a buscar una mesa, de pronto me encontré a solas con Roger por primera vez en mucho tiempo.

—No puedo creer que salgas con un tipo que va con esas pintas —me espetó sin rodeos.

—Al menos no me casé con la señorita Papá Noel. Creía que eras alérgico a la piel —ironicé, y de inmediato pensé que quizá sólo era alérgico a mis camisones de franela y a mis piernas sin depilar.

—No deberías hablar así —replicó—. Es la madre del hermanastro o la hermanastra de tus hijos —repuso con frialdad, comportándose como el hombre al que había acabado odiando.

—Sólo porque esté casada contigo y se haya quedado embarazada no significa que sea respetable, Roger, lo único que significa es que es tan tonta como yo lo fui. Al menos de momento. De todos modos, ¿de qué habláis? ¿O es que ni siquiera te molestas en hablar con ella?

—¿Y tú qué haces con ese tío que va con ese traje? ¿Cantar villancicos?

—Es muy bueno con los niños. Eso cuenta mucho.

Era más de lo que se podía decir de Helena, pero preferí omitirlo, no tenía sentido hablar de eso. Sin embargo, los niños aseguraban que cuando iban a pasar el fin de semana con Roger, ella no les hablaba y se moría de ganas de que llegara la tarde del domingo para que se marcharan. Yo estaba segura de que Roger se había dado cuenta; me preguntaba cómo se lo tomaba y hasta qué punto la situación empeoraría cuando naciera el bebé. Pero eso era otra cuestión y, desde luego, no podía resolverse en el Elaine's. Lamentaba haber ido y haberme encontrado con ellos. Roger no tenía mejor aspecto que cuando me dejó dos años antes. De hecho, se le veía bastante más cansado y un poco mayor, muy aburrido. A pesar de que Helena no era Einstein, debía admitir que era muy guapa y sexy, y lucía un escote impresionante, cubierto o no con piel de conejo. Aunque apenas se notaba que estaba embarazada, sospechaba que el tamaño de sus tetas había aumentado desde la última vez que la vi.

—¿Cómo estás? —preguntó Roger de pronto, con una mirada nostálgica, y le odié por ello. No quería que fuera humano, y sobre todo no quería darle pena porque estaba con un clon lleno de luces parpadeantes y bolas de Navidad.

—Estoy bien, Roger —contesté en un susurro.

Sin embargo, era consciente de que no estaba segura de que

eso fuera cierto. Me había enamorado de un hombre de lo más inusual, que estaba en California realizando experimentos rarísimos y no tenía la menor intención de casarse y, en cuya ausencia, me acostaba con un clon. No sólo era difícil explicárselo a Roger, sino que a mí también me costaba entenderlo. En ese momento Paul se reunió con nosotros.

—Ya tenemos mesa —anunció con orgullo mientras cogía mi copa de vino, pero lo único que yo quería era volver a casa. Vi que Helena se acercaba envuelta en una nube de sensualidad.

—Me alegro de verte —dije a Roger con cortesía—. Feliz Navidad.

Y dicho esto, me alejé con Paul. En el camino nos cruzamos con Helena y olí su perfume. Era el mismo que yo usaba diez años antes, y supe que se lo había regalado Roger porque le encantaba. Ahora él le pertenecía a ella y los dos tenían su propia vida. Iban a tener un hijo y, por mucho que yo me hubiera complicado la vida, no era su problema y quizá tampoco el de Peter o Paul.

Indiqué a Paul que quería marcharme y se llevó un chasco por lo de la mesa, pero al verme se dio cuenta de que me ocurría algo. Me siguió a la calle y me observó en el aire gélido de la noche, mientras yo respiraba hondo para liberarme tanto de la visión y el olor de Roger como del perfume y las pieles de Helena.

—¿Qué ha ocurrido?

—No lo sé —contesté tiritando de frío bajo la nieve de diciembre—. No esperaba encontrarme con ellos... Helena es como una Barbie, y él está loco por ella. Fue como un recordatorio de todo lo que sentí cuando me dejó... por ella. —Me sentí vulnerable y desnuda, y el vestido hortera y el peinado vulgar de Helena no fueron ningún consuelo. La verdad era que él nunca me había amado, y, al menos de momento, la amaba a ella. Por supuesto, yo ya no lo quería a mi lado, ése no era el problema, y aunque no habría vuelto con él aunque me lo pidiera, no pude evitar sentir que me restregaban todos mis sueños rotos por las narices.

—No te lo tomes así, Steph —comentó Paul con amabilidad—. Esa mujer es horrorosa. Esas tetas ni siquiera son reales... y, Dios mío, ¡qué vestido tan horrible! Tú eres diez mil veces más guapa que ella, te lo aseguro. ¿Y quién quiere a una mujer que tiene tan mal gusto? —preguntó mientras le brillaban los pantalones y las bolas de Navidad de la chaqueta bailaban por la brisa.

No obstante, de algún modo una vez más su mirada me conmovió profundamente. Me puso el brazo alrededor de los hombros, paró un taxi y, al subir, me secó las lágrimas con afecto.

—Olvídate de ellos. Iremos a casa, encenderemos las velas y te daré un masaje. —Por una vez, habló como lo habría hecho mi médico. En el taxi no abrí la boca, pues seguía turbada por el encuentro, y cuando subimos a casa, Paul se mostró muy tierno y comprensivo.

Pagué a la canguro y me alegré de comprobar que los niños ya se habían ido a dormir. Esa noche los masajes de Paul me relajaron más que nunca y finalmente me dejé llevar por su suave pasión hasta practicar un modesto doble salto mortal.

Al acabar me sentí más unida a Paul, pues me había ayudado a superar una situación difícil tras ver a Roger y Helena y a recuperar parte de mi autoestima. Esa semana fuimos a ver *Cascanueces* con los niños y Paul fue vestido de turco. Bailó una danza exótica en el pasillo y quiso que yo le acompañara. También llevamos a Sam a ver a Papá Noel (Paul se sentó en su regazo después de que lo hiciera Sam). Además, eligió unos regalos preciosos para los niños. A su manera, hacía muchas cosas bien. Y cuando estaba con él, me acordaba de todas las cosas que no tenía Peter. Era como si alguien hubiera programado a Paul para que realizara todo aquello que Peter no podía hacer. Los regalos, el tiempo que me dedicaba, su espíritu infantil cuando jugaba con Charlotte y Sam, la infinita ternura con que me trataba... Era imposible resistirlo, y todavía resultaba más difícil no quererlo. Y al margen de su conducta absurda y fuera de lugar, era un buen hombre; o más bien, un buen clon. Al diseñarlo, Peter había hecho un trabajo excelente.

Peter me llamaba desde California dos o tres veces al día y no podía evitar preguntarme por Paul. Quería saber qué hacíamos, qué decía Paul, qué estaba cargando en su tarjeta y si utilizaba el Jaguar. Al final me vi obligada a decirle la verdad, porque Paul tuvo otro accidente en la autopista una tarde en que nevaba y había hielo en la carretera. Cuando me lo contó, me alegré de haber prohibido a los niños ir en coche con él. Al parecer, iba cantando mientras escuchaba un disco compacto de Whitney Huston, cuando de pronto estornudó y el coche se salió de la carretera y fue directo hacia un montículo de nieve. Por un instante interminable el Jaguar voló mientras Whitney seguía cantando, antes de deslizarse lentamente hacia el otro lado hasta sumergirse en las aguas poco profundas de un río. Se quedó allí medio hundido y Paul tuvo que esperar dos horas a que llegara la grúa. Dijo que cuando por fin sacaron el vehículo, la tapicería y las alfombras estaban empapadas, y quizá sería necesario cambiarle el motor. Esperaba que a Peter no le importara demasiado.

Llamé a Peter y, cuando se lo conté y le dije lo que costaría la reparación, se puso a gimotear.

—Sobre todo, no dejes que vuelva a pintarlo —me advirtió antes de colgar.

—¿Cómo se lo tomó? —preguntó Paul con cara de preocupación cuando le expliqué lo que Peter había dicho del Jaguar.

—Mal —respondí, pero estaba preocupada por Paul. Tras su pequeño chapuzón en el río, había contraído un buen resfriado—. Ya se le pasará —aseguré, y le di la mala noticia—: Vuelve mañana.

—¿Tan pronto? Se ha adelantado dos días —dijo Paul, abatido. Había planeado pasar el resto de la semana conmigo, antes de que Peter regresara de California.

—Dice que tiene una reunión con la junta directiva. —Sin embargo, yo sospechaba que era más que eso, tenía la sensación de que no quería que Paul estuviera más tiempo conmigo. Me di cuenta de que a Paul le sentó muy mal.

Esa noche fue muy tranquila. Como Paul estaba resfriado, lo tapé bien con unas mantas y le di un caldo. No paraba de estornudar y tenía la nariz roja, pero por muy enfermo que estuviera, sabía que el Jaguar estaba mucho peor. Después, cuando me acosté a su lado, se volvió hacia mí muy serio. Parecía que tenía muchas cosas en la cabeza y se le veía inusualmente triste.

—¿Qué pasaría si me quedara aquí? —preguntó con gesto preocupado. Sonreí, pensando que quizá había sufrido un golpe en la cabeza en el accidente.

—Me parece que estás aquí, ¿o no? —Le besé con suavidad y él me miró consternado.

—Me refiero a cuando Peter vuelva. ¿Qué ocurriría si le dijéramos que me quedo y que no volveré al taller? —Era la primera vez que decía algo así.

—¿Podrías hacerlo? ¿Te dejarían? —Al ver la ternura reflejada en sus ojos me quedé atónita y un tanto preocupada.

—Podría intentarlo. No puedo dejarte, Steph. Éste es mi sitio. Te amo... somos felices juntos. Tú me necesitas.

Era verdad, le necesitaba mucho más de lo que estaba dispuesta a admitir, pero también necesitaba a Peter, quizá incluso más que al propio Paul. A pesar de lo mucho que nos divertíamos, en los últimos días no había dejado de pensar en el regreso de Peter. Era él el que estaba profundamente arraigado en mi corazón. Paul significaba la diversión, la vida, el espíritu, las risas, pero Peter poseía parte de mi alma. Me había dado cuenta de ello hacía muy poco tiempo. Necesitaba algo más en mi vida que divertirme con el cuádruple salto mortal. Necesitaba la solidez de Peter, su fuerza y su tranquilidad para sostenerme y darme todo lo que me había negado Roger durante tanto tiempo.

—No sé qué decirte —contesté con sinceridad y luego agregué—: Te amo, Paul. —Y entonces me di cuenta de que debía ser sincera con él—. Pero quizá no lo suficiente. Tendríamos muchos problemas. No es fácil estar con un clon. Si la gente se enterara, nos marginaría, podría ser muy duro. —Ambos sabíamos que era verdad. Lo había pensado detenidamente. Y no se trataba de que su oferta no fuera tentadora, por supuesto que no. Pero con Peter, si él me lo permitía, podía tener una vida real, mientras que sabía que con Paul eso era imposible.

—Me casaría contigo, Steph —susurró, y esas palabras significaron mucho para mí—. Él no lo hará.

Al igual que Paul, yo creía que Peter estaba demasiado acostumbrado a vivir solo. Aunque sabía que me quería, su temor al compromiso era más fuerte que su amor.

—Ya lo sé —convine—. Pero le amo. Incluso es posible que ni siquiera me importe. Ya lo hice una vez, ya sé de qué va, me casé con Roger y me salió mal. El matrimonio no es una garantía de nada —dije—, sino sólo una promesa, un acto de fe, un símbolo de esperanza. —Tenía que reconocer que eso ya era mucho, aunque también sabía que no era un intercambio justo. Siempre había uno que amaba y otro que se marchaba, tarde o temprano.

—Es lo que quieres y él nunca te lo dará. Si Peter tuviera que elegir, seguro que preferiría que te casaras conmigo. ¿Crees que si realmente te amara aguantaría que yo esté contigo cada vez que se va de viaje y que te dé masajes, te quiera, te lleve a las fiestas y las cenas y te enseñe el doble salto mortal? ¿O el cuádruple?

—Tal vez no —contesté con tristeza—, pero eso no cambia lo que siento por él.

—Ya te comportaste como una estúpida con Roger, no vuelvas a cometer el mismo error.

—Puede que ya sea demasiado tarde para eso —admití, incapaz de mirarle a la cara—. Soy una estúpida.

—Nos lo pasaríamos tan bien, Steph, si quisieras intentarlo.

—Lo cierto es que no quería. Por mucho que lo amara, no podía entregar mi vida a un clon, pese a lo atractivo y divertido que era. Además, le faltaban muchas cosas. No podía pasarme el resto de mi vida con un hombre que en las charadas representaba la palabra pedo—. Estás perdiendo la oportunidad de tu vida, Steph. Todos tus amigos te envidiarían.

—Ya lo hacen. Eres el mejor. —Respiré hondo y decidí contarle la verdad—. Creo que voy a dejarle, Paul —dije con lágrimas en los ojos, y Paul se sorprendió. Me dio un pañuelo de papel y también se sonó la nariz. Aunque yo sabía que le resultaba muy fácil echarse a llorar debido a un fallo en un cable, de todos modos me conmovió.

—¿Cuándo? —preguntó.

—Pronto. Seguramente después de las fiestas.

Llevaba varios días pensándolo, pero no había querido decirle nada. Creí que primero debía hablar con Peter, era lo justo, aunque se trataba de una decisión que también concernía a Paul, ya que significaba que no volvería a verme. ¿Cómo iba a hacerlo? Si renunciaba a Peter, inevitablemente también perdería a Paul. Era una decisión dura, y todavía no estaba del todo segura. Pero lo que sí sabía era que estaba demasiado enamorada de Peter y demasiado fascinada por Paul. Los dos eran adictivos, sobre todo formando equipo. Era una situación delirante. No podía seguir acostándome con los dos. Por mucho que amara a Peter, sabía que estaba mal. No podía vivir con él y después con Paul cada vez que se marchaba de viaje. Aunque no le importara a ninguno de los dos, para mí sí era importante. También tenía que pensar en mis hijos. Esta vez las cosas se habían desquiciado y yo estaba demasiado confusa.

—Steph, ¿estás segura?

—Claro que no —contesté, echándome a llorar—. ¿Cómo puedo dejarle? Es maravilloso, y le quiero tanto...

Pero ¿qué sentido tenía seguir así? No podía enfrentarme al futuro viéndolo ir y venir, volviéndome loca por lo que nunca podría ser y después consolándome con Paul. Aunque él no entendiera que eso estaba mal, yo sí. Al fin y al cabo, sólo era un clon. Peter era el culpable de una situación tan descabellada. Obviamente le convenía, descargándole de mucha presión. Cuando se encontraba en Nueva York, podía estar conmigo siempre que quería y cuando se iba de viaje siempre podía contar con Paul. Para él era una solución perfecta, pero para mí habría sido más fácil soportar sus viajes a California, por muy frecuentes que fueran, y quedarme sola con los niños.

—No te precipites, Steph —insistió Paul—. Si le dejas, también me perderás a mí.

—Lo sé.

Esa noche probamos el cuádruple salto mortal y nos salió bastante bien, aunque después pensé que quizá me había roto una costilla. No le dije nada porque no quería que se preocupara. Después, tumbada junto a él, me cogió la mano izquierda y noté que me ponía un anillo en el dedo.

—¿Qué haces? —pregunté intrigada, pero él no pudo verme la cara en la oscuridad. Pensé que tal vez sería algo que hubiera encontrado en una caja de galletas, pero conociéndolo era poco probable. Finalmente, presa de curiosidad, encendí la luz y miré.

Cuando lo vi, solté un grito ahogado. Era un anillo engastado con un rubí impresionante, de casi cuarenta quilates, con forma de corazón.

—Paul, no puedes hacerlo... no te dejaré. Es excesivo.

—No te preocupes, Steph —dijo con una sonrisa—. Lo pagó él. —Estaba segura de ello, pero de todos modos era un regalo increíble, un anillo espectacular. Me pregunté cuáles serían las implicaciones de semejante regalo y lo miré inquisitivamente. Sin embargo, Paul sonrió y meneó la cabeza—. No es un anillo de compromiso, es un regalo de Navidad... para que me recuerdes —dijo con lágrimas en los ojos, al igual que yo cuando lo besé.

—Te quiero, Paul —susurré.

En ese momento no me importó que fuera un clon. Era el hombre más bueno, divertido, dulce y atractivo que había conocido, quizá incluso más que Peter.

—Yo también te amo, Steph. Quiero que te cuides mientras esté fuera. No dejes que Peter te vuelva loca... ni que te rompa el corazón. Lo hará si no tienes cuidado. —En cierto modo, ya lo había hecho, pero no quise admitirlo.

—Ya lo hace, me refiero a volverme loca. Igual que tú. —Mientras miraba el enorme corazón de rubí pensé que con lo que me daba a cambio valía la pena—. Ése es el problema.

—¿Cuál? ¿Las joyas?

—No, el hecho de que los dos me volvéis loca. Quizá ya lo

estaba antes de conoceros. Tal vez por eso me eligió. Supongo que ya sabía lo que se hacía en París.

Paul era consciente, aunque no lo dijera, de que Peter se daba cuenta de muchas cosas, pues era un hombre inteligente. Lo único que no sabía era si realmente me amaba. De ser así, ¿por qué iba a compartirme con un clon? Sin duda era por algo más que por comodidad, o por el deseo de alardear de un invento único. Me pregunté si lo que pretendía era deshacerse de mí, que me casara con Paul. Pero fueran cuales fueran sus intenciones o sus teorías retorcidas, yo sabía que le amaba y, en un menor grado, también a Paul.

Y mientras lo pensaba por enésima vez, puse los brazos alrededor de los hombros de Paul con el anillo de rubí en el dedo y me dormí. No obstante, me pasé la noche soñando con Peter y no con Paul, lo cual fue muy significativo.

10

Después de todo lo que nos dijimos la noche anterior, la despedida fue muy emotiva. Esta vez ya no estábamos tan seguros de que volveríamos a vernos. Yo no podía prometerle nada y él lo sabía.

—Dentro de unas horas volverán a quitarme la cabeza, tendré todos los cables colgando y tú habrás vuelto con él —comentó apesadumbrado—. No soporto pensar en ello —añadió, y me dirigió la mirada más tierna que había visto en mi vida—. Sólo quiero que seas feliz, Steph. Nada más. Haz lo que tengas que hacer. —Por su expresión, supe que hablaba en serio y eso me hizo quererlo todavía más.

—¿Podré verte igualmente si le dejo? —pregunté llena de preocupación. Ya no me sentía tan valiente, y menos cuando él negó con la cabeza y estuvo a punto de echarse a llorar.

—No, no podrás. Esto no funciona así. Sólo puedo sustituirlo, no puedo verte por mi cuenta.

—Pero dijiste... anoche me pediste que me casara contigo... —Estaba confusa. ¿También habría participado Peter? ¿Qué pretendía Paul?

—Estaba engañándome, Steph. Podríamos casarnos, pero seguiría dependiendo de él. —No quería mentirme, nunca lo había hecho y no estaba dispuesto a hacerlo ahora—. Tendría que compartirte con él, aunque me quisieras más a mí.

—A veces creo que es así.

—Pues yo creo que estás muy enamorada de él, Steph. Quizá deberías decírselo.

—Seguro que se llevaría un susto de muerte —repuse con aire pensativo. ¿Y para qué habría de hacerlo? Nuestra relación funcionaba perfectamente así, al menos para él. ¿Qué necesidad tenía de pedir más? ¿Por qué iba a forzarla hasta romperla?

—Como dice Charlotte, es un plasta —sentenció Paul—. Puede que los dos lo seais. Por eso os merecéis el uno al otro. La vida es demasiado corta para desperdiciar lo que tenéis. Incluso para desperdiciarme a mí. No soporto la idea de que voy a pasarme meses sin cabeza mientras vosotros dos lo echáis todo a perder. Lo que tienes que hacer es conseguir que aprenda el triple salto mortal. Aunque es un patoso. Podría hacerse daño. Ten cuidado.

Paul intentaba disimular lo que sentía al dejarme. Mi preocupación aumentó cuando lo vi aparecer vestido con un pantalón de ante negro, una chaqueta negra cubierta de lentejuelas y botas negras de piel de cocodrilo y tacón. Nunca lo había visto tan conservador ni sombrío.

—No me gusta despedirme así, Steph —dijo con tristeza—, sin saber cuándo ni si volveré a verte.

—Sospecho que lo harás. —Sonreí tímidamente. ¿Cómo podía dejar a un hombre que tenía un clon, sobre todo tratándose de un clon como Paul?—. No sé si podré renunciar a vosotros. Creo que estoy enganchada. Tendré que volver a ver al doctor Steinfeld para aclararme, y supongo que tardaré siglos en conseguirlo.

—Te ruego que no lo hagas. No lo necesitas. Tú ya sabes lo que quieres.

—Cuídate —le dije, y luego me besó por última vez. Todavía llevaba su anillo de rubí y él sabía que siempre lo llevaría. Me dijo que quería que me lo quedara.

—Dales un beso a los niños de mi parte. —Ya se habían ido a la escuela. Y después, mirándome por encima del hombro mientras el mozo metía su equipaje en el ascensor, añadió—: Hagas lo que hagas, sé feliz, Steph. —Cuando la puerta se cerró tras él, me pregunté si volvería a verle alguna vez. En ese momento no estaba segura, pero ya empezaba a añorarlo.

Mientras me dirigía al aeropuerto en un coche de alquiler, un Tornado violeta elegido por Paul, todavía me llegaba el eco de sus palabras. Me preguntaba dónde estaría en ese momento, si ya le habrían quitado la cabeza y sacado los cables. Sabía que tenía un par de problemas. Se había pasado toda la semana echando humo por la oreja derecha y la nariz, e ignoraba lo que eso significaba.

Mientras esperaba a Peter en el aeropuerto, sólo podía pensar en Paul. Era la relación más confusa que había tenido. Al menos Roger había sido aburrido. Dormía mucho y se pasaba el día viendo la televisión, incluyendo los culebrones, aunque cuando yo entraba en el salón, disimulaba y apagaba el televisor. Pero Peter y Paul no tenían nada de aburridos. Y lo peor era que de algún modo se complementaban. Juntos, eran como un solo hombre. ¡Y menudo hombre!

Seguía inmersa en mis pensamientos cuando de pronto apareció Peter. No lo vi hasta que se acercó y me abrazó sin decir palabra. Me besó y después se apartó para mirarme.

—¿Estás bien? —preguntó observándome, como si esperara verme cambiada. Sin embargo, yo seguía tan enamorada de él como el primer día. Iba vestido con una americana, pantalón gris, jersey gris de cuello alto y un par de mocasines Gucci que se había comprado en California. Estaba tan guapo como siempre. Se había cortado el pelo y estaba de lo más atractivo—. Me tenías preocupado.

—Estoy bien —le aseguré y, salvo por mi espalda, algo resentida después de dos semanas de triples saltos mortales y algún que otro cuádruple, era verdad. Paul me había aconsejado que me pusiera un aparato ortopédico—. ¿Cómo te ha ido en California?

—Como siempre —respondió, y empezó a hablar del viaje mientras iba a buscar su equipaje. Para mi sorpresa, no preguntó por Paul ni una sola vez. Pero cuando nos dirigíamos al aparcamiento, vio el anillo con el imponente rubí.

—¿De dónde lo has sacado? —preguntó, preocupado. Yo sabía que él sospechaba su procedencia y quién lo había pagado.

—De ti —contesté en un susurro, y él fue lo bastante educado como para no decir nada. Sin embargo, cuando vio el Tornado violeta, frunció el entrecejo e inquirió:

—¿Cómo has podido alquilar un coche de ese color?

—Era el único que quedaba —respondí.

—¿Cuánto tiempo estará el Jaguar en el taller?

—Tres meses.

—No habrá vuelto a pintarlo, ¿verdad?

Vacilé un instante y asentí con la cabeza. Luego dije:

—De un tono azul bígaro precioso. Paul pensó que te encantaría.

—¿Y por qué no naranja o verde lima? —ironizó mientras tiraba su equipaje en el maletero y me fulminaba con la mirada.

—Creyó que te gustaría más azul.

—Lo que me gustaría es que no lo utilizara cuando va a verte. De hecho... —Se interrumpió mirándome con tristeza mientras se sentaba al volante—. Creo que preferiría que no fuera a verte. Da demasiados problemas y es una mala influencia para los niños.

—Como quieras —dije dócilmente. Nunca lo había visto de tan mal humor. El viaje debía de haberle ido mal o quizá estaba enojado por lo del Jaguar.

—Sí, se hará como yo quiera —sentenció.

No se tranquilizó hasta que llegamos a casa y le ofrecí hacerle un masaje, ya que dijo que había tenido molestias en el cuello durante toda la semana. Obviamente era por la tensión, pero yo también había pasado por lo mío. Pasar de manos de uno a las del otro como una pelota de ping-pong no era precisamente fácil para mí. Y esa noche estaba otra vez muy confusa. Empezaba a sentir que necesitaba un exorcista en lugar de un novio. Era como si Peter nunca se hubiera marchado y como si Paul nunca hubiera existido. Estaba enamorada del hombre con el que me hallaba en ese momento, pero tampoco podía dejar de pensar en el otro. Volvía a estar loca por Peter. Nos preparó unas tortillas para mí y los niños y se comportó como si nunca se hubiera ido. Sam y Charlotte ni siquiera se sorprendieron cuando lo vieron vestido de gris en lugar del verde amarillento. Simplemente lo atribuyeron a la tensión y a los cambios de humor, o a problemas en la oficina.

Cuando los niños se acostaron, Peter y yo acabamos en mi habitación, como es lógico. Yo sabía en qué estaba pensando, y tenía las mismas intenciones que él, pero le advertí que no estaba de humor para el doble salto mortal. Mi advertencia no le hizo ninguna gracia y entró en el cuarto de baño sin decir palabra. Era como si ya no le gustara oír hablar de Paul, a pesar de que él le había enviado.

Lo oí ducharse y después salió con el pijama azul, que yo había lavado esa mañana y la mujer de la limpieza había planchado con el mayor esmero.

Cerré la puerta con llave y procuramos no hacer ruido para

que los niños no nos oyeran, y sólo después de hacer el amor Peter empezó a relajarse. Me puso el brazo alrededor de los hombros, suspiró y me dijo lo mucho que me había echado de menos. E igual que antes, supe con toda certeza que mi corazón le pertenecía a él y no a Paul.

Aun así, la transición no me resultaba fácil, aunque cuando se marchó a las tres de la madrugada, sólo pensaba en él. Estar con Peter me parecía mucho más real. Sin embargo, lo extraño era que empezaba a sospechar que el que realmente me quería era Paul y no Peter.

—Te llamaré por la mañana —susurró Peter antes de salir, y cuando cerró la puerta, yo ya me había dormido profundamente y soñaba con que cada uno me tendía una mano y yo no sabía cuál de las dos coger.

A la mañana siguiente, aunque el sol entraba a raudales en la habitación, me desperté muy triste. Me resultaba extraño no ver a Paul. Además, no sabía por qué, pero tenía la sensación de que esa noche le había perdido.

Cuando Peter vino a la hora de comer, comentó que estaba muy callada y le aseguré que no me pasaba nada. Había estado pensando en algunas de las cosas que me había dicho Paul. Más que nunca, era consciente de la difícil situación en que me encontraba, de lo mucho que me costaba pasar del uno al otro una y otra vez, ya que tras estar muy a gusto con Peter, luego tenía que adaptarme a Paul, acostumbrarme a sus bromas y travesuras, a su ropa, a pasar las noches haciendo triples saltos mortales y finalmente a dejarlo marchar, para volver a empezar con Peter. Pasaba del amor a la lujuria y luego otra vez al amor, hasta volverme loca. Por mucho que amara a ese hombre, no podía pretender que sintiera lo mismo por el clon. Pero no quería decirle a Peter lo difícil que me resultaba todo aquello, aunque sospechaba que él ya lo sabía. No quería hacerle daño. Era todo tan absurdo... No estaba segura de si sería capaz de seguir así mucho tiempo. Lo único que sabía era lo importante que Peter era para mí, el don tan preciado que suponía en mi vida. Sabía que era fundamental para mí, pero creía que él no estaba dispuesto a oírlo.

—Lo echas de menos, ¿verdad? —me preguntó Peter cuando esa tarde fuimos a dar un paseo por Central Park.

Nevaba y hacía mucho frío. Le miré y asentí. Era verdad, aunque al fin y al cabo sólo se trataba de un clon, un conglomerado de chips y cables envueltos en satén fucsia. Peter tenía una mente, un corazón, un alma y una manera de vestir mucho más discreta. Y además, le amaba.

—Anoche lo pensé de camino a casa —susurró—. No he sido muy justo contigo, ¿verdad?

Por supuesto que no, pero por otro lado, ¿qué hombre era justo? Roger tampoco lo había sido, y Peter parecía serlo más que la mayoría. Además, tenía un clon, lo que lo hacía el doble de divertido.

—No me quejo —mentí, pensando que con Paul sí me había quejado por lo insensible que se mostraba Peter con la situación y mis sentimientos.

—¿Qué significa ese anillo? ¿Sólo es otro regalo o se trata de algo más? —inquirió visiblemente preocupado, mientras los copos de nieve se acumulaban en su pelo y su nariz. Se detuvo y me miró fijamente. Parecía estar sufriendo.

—Sólo es otro regalo —contesté con aire pensativo, y recordé el momento en que Paul me lo puso en el dedo. Desde entonces no me lo había quitado.

—¿Te ha propuesto en matrimonio?

Dudé mucho antes de contestar, pues no sabía si Paul hubiese querido que le dijera la verdad. Pero debía ser leal a Peter, no a un clon. Asentí en silencio mientras seguimos caminando.

—Lo suponía. ¿Y qué le has dicho? —preguntó muy serio, como si creyera que tenía derecho a saberlo.

—Le dije que no podía casarme con un clon.

—¿Por qué no? —Peter se detuvo otra vez y me miró mientras la nieve seguía cayendo.

—Lo sabes tan bien como yo. No puedo casarme con un clon. Es un ordenador, una máquina, una creación, no un ser humano. Es ridículo pensarlo. —Además, y lo más importante, amaba a Peter y no a Paul. Por muy atractivo que fuera, Paul sólo era una ilusión.

Peter se mantuvo extrañamente callado de camino a casa. Dijo que tenía cosas que hacer y que me telefonearía más tarde. A la hora de cenar todavía no había llamado. Los niños habían ido a pasar el fin de semana con Roger y por la noche llamé a Peter varias veces, pero no contestó. Le dejé varios mensajes y me quedé sentada a oscuras en mi habitación, mirando la nieve, preguntándome dónde estaba y qué había ocurrido entre nosotros.

No supe nada de él hasta la mañana siguiente y, cuando llamó, se mostró muy frío. Dijo que había recibido una llamada de

California y que tenía que marcharse esa misma mañana. No quería que lo llevara al aeropuerto y volvería al cabo de unos días.

—Antes de Navidad —aseguró vagamente.

—¿Ocurre algo? —El tono distante de su voz me asustó.

—No, sólo es una reunión urgente. Nada grave, pero quiero asistir —se limitó a responder.

—Me refiero a nosotros —musité con voz temblorosa. Nunca le había visto tan frío. Parecía otra persona.

—Tal vez. Ya lo hablaremos cuando vuelva.

—No quiero esperar tanto. —Lo percibí en su voz. Había llegado el final. Intuí que ni siquiera se molestaría en enviarme a Paul. Peter estaba retirándose para refugiarse en su propio mundo, donde no había sitio para mí.

—Necesito estar solo —explicó con voz tan gélida como la nieve que seguía cayendo detrás de las ventanas—. Te veré dentro de unos días. No te preocupes si no te llamo.

Cuando colgué, estaba llorando. Quizá había otra mujer y por eso volvía a California. Quizá esta vez había recibido la llamada de una rubia de San Francisco; otra Helena...

Me pasé la tarde sola en casa, meditando, preguntándome qué había ocurrido, qué le había hecho, por qué estaba tan distante y enfadado. Llevábamos juntos cinco meses, lo que para mí era mucho tiempo, aunque desde la perspectiva de toda una vida, no fuera nada. Me pregunté si volvería a saber algo de él, e incluso si volvería para Navidad como había prometido. Y su lacónico «Ya lo hablaremos cuando vuelva» no auguraba nada bueno. Dijo que llamaría a la vuelta y colgó, sin mencionar que me quería. Mi corazón volvería a romperse, con muy mala suerte, antes de Navidad.

Los niños tenían que volver a las cinco y media, y poco antes sonó el timbre. Supuse que Roger se habría adelantado y fui a abrir la puerta. Me sentía triste y deprimida. Pero al abrir vi a Paul sacudirse la nieve del abrigo de visón. Debajo llevaba una malla de licra roja y un jersey rojo brillante de Versace, con botas rojas de piel de cocodrilo. Así que finalmente Peter lo había enviado. Por un instante me alegré. Al menos no estaría sola.

—Hola —lo saludé con tristeza y él me cogió en brazos, me levantó y me zarandeó en el aire hasta que empecé a marearme. Llevaba mitones plateados de los que colgaban colas de armiño y, antes de abrazarme, se los quitó y los tiró al suelo. En ese momento me di cuenta de que las maletas eran nuevas. Las moradas de piel de cocodrilo habían desaparecido para dar paso a unas de avestruz roja y de Vuitton, con las iniciales P.K. estampadas con diamantes minúsculos.

—Veo que no te alegras mucho de verme —dijo decepcionado, mientras se quitaba el abrigo.

La verdad era que no me alegraba. Ya no podía seguir con ese juego. Tras despedirme de él hacía dos días, me había hecho a la idea de que quizá era la última vez que nos veíamos. Luego mi corazón se había volcado hacia Peter. Sólo podía pensar en él, mientras miraba al clon, lamentando que Peter lo hubiera enviado de nuevo.

—Se ha ido —dije con lágrimas en los ojos y añorando mis viejos camisones de franela.

No estaba de humor para divertirme, ni para aguantar a Paul. Era excesivo para mí. Me sentía como si viviera en una puerta giratoria, rebotando del uno al otro. Pero esta vez sabía dónde se había detenido mi corazón, y también que yo a Peter no le importaba y que Paul era incapaz de entenderlo. Sin embargo, al menos por una vez, yo sí lo entendía.

—Sé por qué estás así —dijo Paul, sonriendo mientras entraba en la cocina y dejaba un rastro de nieve por la alfombra sin inmutarse lo más mínimo. Abrió el armario y esta vez sacó una botella de vodka. En unos segundos se bebió dos copas y se sirvió otra. Era la primera vez que lo veía beber vodka, pero al parecer le encantaba—. Peter me dijo que me echabas mucho de menos —comentó muy ufano—, por eso me envió.

Se paseaba por mi cocina como si fuera el dueño, lo que me molestó mucho. Al fin y al cabo, sólo era un clon y yo no le pertenecía.

—Ojalá no lo hubiese hecho, Paul —dije con sinceridad—. No estoy de humor. Creo que no deberías quedarte.

—No seas tonta —repuso sin hacerme caso y sentándose en una silla mientras se bebía otra copa de vodka—. Ese hombre no te hace ningún bien, Steph. Creo que te deprime. Debe de ser por su manera de vestir.

Al verlo sentado en mi cocina con la malla de licra roja, no pude evitar pensar que parecía un fresón gigante.

—Me gusta cómo viste Peter —lo defendí—. Siempre está maravilloso, y es muy viril y atractivo.

—¿Crees que la franela gris es sexy? —Asentí y él mascullló

algo, relamiéndose los labios tras beber el vodka—. No, Stephanie, la franela gris no es sexy. Es aburrida —añadió, plenamente convencido.

—Le amo —dije desde el otro extremo de la cocina mientras le miraba y me preguntaba cómo había podido pensar que también le amaba a él. Paul era un personaje de dibujos animados, no una persona. De hecho, no era ninguna de las dos cosas, y ambos lo sabíamos, aunque eso a él no parecía amilanarlo.

—No, no es verdad, Steph. Tú me amas a mí, y lo sabes.

—Me encanta estar contigo. Me divierto mucho. Eres salvaje y al mismo tiempo divertido y dulce.

—Y maravilloso en la cama —añadió, sintiendo los efectos del vodka—. No lo olvides.

—No hace falta hacer números de acrobacia para ser bueno en la cama —susurré pensando que nunca había querido trabajar en un circo.

—Para de buscar excusas. Los dos sabemos la verdad. Peter es patético.

—No —repliqué enfadada—, tú eres patético. Crees que puedes presentarte aquí cada vez que él se marcha y jugar conmigo, lanzarme por los aires, beber hasta la saciedad y dejarme en ridículo delante de mis amigos; crees que vas a encandilarme tanto que me olvidaré de él. Pues no es así. No puedo, y nunca podré. A decir verdad, ni siquiera creo que él me quiera, pero incluso así, yo sí le amo.

—Das pena. —Paul parecía muy ofendido, y de pronto temí haber ido demasiado lejos y haberle hecho daño. Sus cables eran muy sensibles y sabía lo fácil que era herirle—. Y tienes razón. No te quiere. Creo que en realidad no sabe querer. Por eso me creó. Quería que yo me encargara de las florituras. Y eso hago. Aceptémoslo, Steph, yo le hago quedar bien. Sin mí, no es nada.

—Sin él, tú no eres nada —repliqué con severidad, y Paul reaccionó como si le hubiera asestado un golpe. En ese momento quise detenerme, pero fui incapaz. Sabía que por mi propia cordura debía ser sincera. Lo pasaba muy bien con él. Nunca me había divertido tanto y le tenía mucho cariño, pero en los últimos dos días había descubierto lo que siempre había sospechado. No era a él a quien amaba, sino a Peter, aunque éste no lo entendiera.

—Me has hecho daño, Steph —me recriminó Paul, y volvió a

coger la botella de vodka, bebió un largo trago directamente de la botella y eructó tras dejarla en la mesa. Era una de esas cosas que tanto me gustaban de él.

—Lo siento, Paul. Tenía que decirlo.

—No te creo. Y Peter tampoco. Él sabe que me amas.

—¿Por qué lo dices?

—Me lo ha dicho —aseguró Paul—. Me llamó antes de ir a San Francisco.

—¿Y qué te ha dicho? —pregunté, deseosa de saber qué decían de mí. Sólo con pensarlo me puse nerviosa. A ninguna mujer le gusta imaginar una conversación entre sus dos amantes.

—Sólo me dijo que desde que volvió habías estado muy deprimida y que necesitaba alejarse. Al parecer estaba encariñándose demasiado contigo. Cada vez que se iba de viaje te echaba mucho de menos y cuando volvía, se daba cuenta de lo mucho que me añorabas. Es así, ¿no? —Esbozó una sonrisa triunfal.

—Siempre te echo de menos —contesté con sinceridad—. Y me deprimía pensar que no volvería a verte.

—¿Y por qué no ibas a verme? —inquirió, confuso.

—Si le dejo, no te veré, Paul. Ya hemos hablado de eso.

—Pero ¿por qué vas a dejarle si le quieres tanto?

—Porque él no me ama. No puedo seguir con este juego eternamente, acostándome con los dos. No está bien y me cuesta adaptarme. De pronto estoy dando botes contigo e impidiéndote que muestres el trasero a los autobuses de la Quinta Avenida, y de pronto intento hacerme la respetable con él y adaptarme a sus necesidades. Y en estos momentos, sean cuales sean esas necesidades, me temo que no me incluyen a mí. Apenas se despidió cuando se marchó a California.

—Porque sabe que estamos hechos el uno para el otro.

—Tú estás hecho para el taller, sin tu cabeza. Y yo debería estar en el manicomio.

—No quiere inmiscuirse —añadió Paul como si conociera a Peter mejor que yo y hablara por él.

—Entonces está más loco que tú.

En ese momento llegaron los niños, dispuestos a quejarse del fin de semana que habían pasado con Roger y Helena. Estaban tan acostumbrados a Paul y a sus trajes exóticos que apenas repararon en él sentado en la cocina y, por supuesto, creyeron que era Peter.

—Bonitos pantalones —comentó Charlotte y, tras coger una

cocacola, siguió lamentándose de lo mal que los trataba Helena y lo horrible que estaba con sus pechos todavía más grandes, mientras yo la reñía y le decía que debía ser más respetuosa. Pero era inútil. Me quedé hablando con ella mientras Paul y Sam se fueron a la habitación. Casi sufrí un infarto cuando al cabo de media hora fui a buscarlos y vi que Paul le había dado una iguana viva. Se la había traído en una maleta.

—¡Dios mío! —exclamé—. ¿Qué es eso?

—Se llama *Iggy* —respondió Sam con orgullo—. La trajo un amigo de Peter de Venezuela.

—Pues dile que se la lleve de aquí. No puedes tener eso en casa, Sam.

—Vamos, mamá... —me rogó Sam, mirándome con sus grandes ojos.

—¡No! ¡Ni hablar! —repliqué, y me volví hacia Paul, furiosa. Además de presentarse como siempre sin que nadie lo invitara, y esta vez sin que yo lo quisiera, había traído un monstruo—. Puedes hacerte un par de preciosas botas con ella, o al menos una. Estoy segura de que tu amigo de Venezuela encontrará otro bicho igual. Ni siquiera tendrás que teñirlas, ya son verdes. ¡Y ahora vuelve a meter ese bicho en tu maleta! —Paul la cogió y la acunó con cariño, mientras Sam siguió rogándome que le dejara quedársela—. Olvidaos de ella, ¡los dos! Quiero que ese bicho salga de aquí y, si no, tendréis que marcharos con él a Venezuela. ¡Adiós, *Iggy*! —dije, y volví a la cocina a preparar la cena. ¿Qué iba a hacer con esa iguana? Con o sin *Iggy*, esta vez sabía que Paul no iba a quedarse. Ya estaba decidido.

Mientras preparaba unos espaguetis Paul volvió a la cocina con gesto muy serio.

—Me has decepcionado, Steph. Has perdido el sentido del humor.

—Lo que pasa es que me he hecho mayor. Pero eso tú no lo entenderías porque no eres real. Tú puedes permitirte ser Peter Pan para siempre, pero yo no. Soy una mujer adulta, con dos hijos.

—Hablas como Peter. Él siempre dice esas cosas. Por eso todo el mundo lo considera tan aburrido.

—Tal vez por eso le amo. Además, él nunca haría algo así, jamás le regalaría un bicho como ése a Sam. Quizá peces de colores o un hámster, o incluso un perro. Pero jamás un monstruo tan horrible.

—Es una iguana, y es hermosa. ¿Y por qué dices que no lo haría? No le conoces.

—Le conozco muy bien y puedes estar seguro de que no le regalaría una iguana a mi hijo.

—Bueno, te pido perdón por existir —se excusó, y sacó la botella de jerez para cocinar y se bebió media botella—. ¿Tengo tiempo para ducharme antes de cenar?

—No —repuse con firmeza—, y no puedes quedarte a dormir.

—¿Por qué no? —De pronto empezó a tener hipo—. Ese jerez es horrible, no deberías usarlo.

—Y tú no deberías beberlo.

—Se ha acabado el vodka y no hay más whisky.

—No sabía que ibas a venir. Peter sólo bebe martini.

—No me importa lo que bebe. ¿Y por qué no puedo quedarme?

—Porque se acabó. Creo que esta vez se enfadó mucho contigo. No quiero estropear una relación que es importante para mí, aunque te haya enviado él.

—¿Acaso no es un poco tarde para eso? Además, tú misma has dicho que no te quiere —me recordó maliciosamente. Sin duda su reacción se debía al vodka, o quizá al jerez.

—No se trata de eso. Lo que importa es lo que yo siento. Y no puedes quedarte a dormir.

—Tampoco puedo volver al taller. No tengo las llaves y los domingos está cerrado.

—Entonces vete al hotel Plaza. Tienes su tarjeta de crédito. Cárgaselo a Peter.

—Sólo si vas conmigo.

—Olvídalo. Además, no tengo canguro —dije con aire distraído, mientras la pasta empezaba a quemarse porque se había evaporado toda el agua.

—Entonces me quedaré aquí hasta que él vuelva de California.

—Paul —susurré mirándolo fijamente a los ojos—, puedes quedarte a cenar, pero después tendrás que marcharte.

En ese momento entró Charlotte y nos miró a los dos con curiosidad.

—¿Quién es Paul? —inquirió, preguntándose a qué estábamos jugando—. ¿Qué pasó con la cena?

—Se me ha quemado —contesté entre dientes, y de pronto

Sam entró con la iguana—. ¡Saca esa cosa de aquí! —le grité mientras tiraba la olla con los espaguetis quemados en el fregadero.

—¡Te odio! —exclamó Sam mientras volvía a su habitación con *Iggy*.

—Deberías dejar que se la quedara —dijo Paul quedamente—. Significa mucho para él.

—¡Fuera de mi vida! —le espeté, dudando entre echarme a llorar o pegarle.

—No me dejarías —repuso y, sonriendo a Charlotte, agregó—: Tu madre siempre se pone muy nerviosa cuando está cocinando, ¿verdad? ¿Quieres que prepare algo? —se ofreció amablemente mientras yo sacaba una pizza del congelador.

—No, gracias.

Entonces cogió los dados y empezó a jugar al mentiroso con Charlotte mientras yo me movía, furiosa, por la cocina.

Cuando serví la cena, ya eran las nueve y no sé cómo me las arreglé para quemar la pizza.

A las diez acabé de recoger la cocina. Sam ya se había ido a dormir y todavía tenía la iguana. Cuando fui a darle un beso de buenas noches, la vi a su lado, en la almohada, y cerré la puerta con suavidad para que no se escapara. Paul iba a tener que llevársela. Jamás dejaría que Sam se la quedara.

—¿Duerme? —preguntó Paul con suavidad cuando volví a la cocina. Estaba bebiendo ginebra. La reservaba para Peter, pero de pronto todo me dio igual. Peter había dicho que «teníamos que hablar», lo que sonó a sentencia de muerte. Seguro que pensaba dejarme cuando volviera de California, si no me había dejado ya. Lo más probable era que no se atreviera a decírmelo. Me acordé de lo reservado que se había mostrado cuando paseamos por el parque bajo la nieve, y la manera en que miró cuando vio el anillo que me regaló Paul.

Me serví un gintonic con un par de cubitos de hielo.

—Creía que no bebías —dijo sorprendido.

—Y no bebo, pero creo que necesito una copa.

—¿Y qué te parece un masaje?

—¿Y qué te parece si te llevas la iguana y te vas a un hotel?

Ya había tenido suficiente por una noche: dos cenas quemadas, una relación amorosa que se iba a pique y un reptil gigante suelto en la habitación de mi hijo, sin mencionar a ese lunático con el que había estado acostándome y que probablemente era el culpable de que se acabara mi relación con Peter. Mi vida entera era un desastre. Hacía dos años que me depilaba las piernas, había renunciado a los arándanos, había conocido al hombre más maravilloso y, de algún modo, me las había arreglado para estropearlo todo por culpa de mi aventura con R2D2.

—Creo que deberías ir a ver al doctor Steinfeld —dijo Paul mientras me observaba beber.

—Yo diría que deberíamos ir todos —propuse, demasiado cansada para seguir hablando del tema. Sólo quería ver a Peter y no a Paul, sentado cómodamente en mi cocina con esa malla roja—. ¿No te pica esa malla? Yo no puedo ponérmelas. —Estaba emborrachándome poco a poco, pero no me importaba. De todos modos, mi vida se había acabado. Sabía que había perdido a Peter.

—Sí —contestó Paul, tratando de entablar una conversación y sin inmutarse al verme tan desesperada—. Enseguida me las quito.

—Aquí no —dije, y él sonrió.

—Claro que no. Me refería al dormitorio.

Me recliné en la silla y suspiré con los ojos cerrados. ¿Por qué Peter me había hecho eso? ¿Por qué no eligió a otra en París y no impuso su clon a otra ilusa? Estaba enamorada de Jekyll y Hyde. Sobre todo de Jekyll, que no me amaba. Y en cuanto a Hyde, no podía echarle de mi vida ni de mi cocina. Estaba harta de intentarlo.

—¿Dónde está Charlotte? —preguntó con preocupación, tras levantarse y desperezarse.

—Duerme. —Se había ido a dormir justo después de Sam.

—¿Tan temprano?

—Le pedí que recogiera su habitación e hiciera los deberes. Fue como darle un somnífero. En cuanto lo dije, se quedó dormida. —Eso explicaba por qué la casa estaba tan silenciosa.

Apuré mi copa y me levanté, mirándolo y preguntándome si había alguna posibilidad de librarme de él esa noche, pero me pareció que no. Me resultaría más fácil dejar que se quedara por última vez, y después echarlo con su iguana a la mañana siguiente.

—¿Por qué no duermes en la habitación de los invitados? —sugerí sonriendo. Le cedía la habitación de los invitados, pero no mi corazón, que pertenecía a Peter. No volvería a dudar de ello ni a creer que quería a Paul. Pero de pronto me acordé de que la habitación de invitados estaba llena de regalos de Navidad y habría tardado horas en quitarlos de allí. Hacía varios días que había ido acumulándolos y no tenía otro sitio para ponerlos. Todavía no los había envuelto y no quería que los niños los vieran, y había tantos que ni siquiera se veía la cama. La situación era desesperante—. Acabo de acordarme de que no puedes dormir allí, pero puedes dormir en el suelo de mi habitación.

—Imposible —repuso con firmeza mientras mi cuerpo flaqueaba al escucharlo. Estaba perdiendo al hombre al que amaba y no podía librarme del clon que ese mismo hombre me había impuesto—. No puedo dormir en el suelo —explicó—, va muy mal para mis cables. Los distorsiona.

—Mañana llamaré al electricista para que te los arregle. Es la única posibilidad que tienes.

—Eres muy amable, Steph.

—Gracias.

Apagué las luces, dejé el vaso en el fregadero y él me siguió a mi dormitorio. En cuanto cerré la puerta, se quitó la malla de licra roja. Intenté no mirarle las piernas. Las habían hecho con tanta precisión y cuidado que eran tan espléndidas como las de Peter.

Me fui al cuarto de baño y me puse un camisón y una bata. De haber podido, habría dormido con la ropa de esquí. Estaba decidida a no ceder.

—¿Tienes frío? —preguntó sorprendido al verme con la bata.

—No, es frigidez —le espeté, y me metí en la cama mientras él iba a cepillarse los dientes. Siempre se los cepillaba, aunque no tenía la menor necesidad de ir al dentista. Tenía unos dientes blancos y perfectos, de hecho eran de un metal muy raro cubierto de una capa de porcelana. Me lo había explicado una vez. No tenía idea de lo que era un empaste. Qué suerte tenía.

Cuando salió del cuarto de baño, yo ya había apagado las luces y me hice la dormida. Estaba acostada de lado en el borde de la cama, y realmente creía que él dormiría en el suelo, lo que fue otra señal de demencia por mi parte. No tenía la menor intención de hacerlo. Al cabo de unos segundos, noté que se acostaba a mi lado. No pude ver si se había puesto el pijama de Peter, pero recé para que así fuera. De pronto lo oí encender una cerilla y supe qué estaba haciendo. Estaba encendiendo una vela, pero no me atreví a decir nada por temor a que se diera cuenta de que no estaba dormida. Poco después, sentí que me tocaba los hombros y empezaba a hacerme un masaje. Me quedé inmóvil, tensa, odiándolo por ser tan bueno conmigo. No obstante, yo sabía que tenía una buena razón para comportarse así. Sabía exactamente lo que quería, y estaba dispuesta a que por una vez, por muy tentador que fuera, no lo consiguiera.

Pero mientras me masajeaba los hombros y me frotaba la espalda, tuve que reconocer que era muy relajante. Al cabo de un rato, muy a mi pesar, suspiré y me puse boca abajo.

—¿Estás mejor? —me susurró a la luz de la vela, y su voz siempre me hacía sentir sensual y feliz, aunque esta vez me entristeció un poco. Era igual que la de Peter.

Se inclinó para masajearme los brazos y, decidida a resistirlo, me puse tensa.

—No te acerques. Tengo una pistola cargada en el bolsillo de mi camisón.

—Pues pégame un tiro.

—Te estropearé los cables para siempre.

—Creo que vales la pena. —Sin embargo, aunque me encantaba oírlo y sentirlo, no vacilé. Ya no estaba enganchada. Sólo podía pensar en Peter—. ¿En qué piensas? —preguntó mientras volvía a masajearme la espalda y después deslizaba las manos hasta mi trasero.

—Pensaba en él —reconocí con voz queda debido a la presión de sus manos en la espalda—. Le echo de menos. ¿Crees que volverá... conmigo? Creo que me odia.

—No, no es verdad —replicó con suavidad—. Creo que te ama.

—¿De verdad? —pregunté, volviéndome para mirarlo. Era lo más amable que me había dicho en toda la noche y entonces me di cuenta de que se trataba de un truco para que lo mirara mientras se inclinaba y me besaba—. No... —susurré a la luz de la vela, pero sus besos no me dejaron seguir. En ese momento no me olvidé de Peter, sólo de mí misma, mientras sus manos empezaron a moverse lentamente debajo de mi camisón—. Paul... No, no puedo...

—Sólo una última vez, por favor... Después te juro que ya nunca más volveré...

Esta vez, cuando lo dijo, supe que ya no le echaría más de menos. Lo nuestro se había terminado.

—No deberíamos...

Intenté resistir hasta que pensé que daba igual. Sólo una última vez, por los buenos tiempos... algo que recordar. Y antes de que me diera cuenta, estábamos haciendo el amor y mi camisón y mi bata yacían en el suelo mientras yo me abandonaba a él, consciente de que no debía hacerlo. Pero me era difícil pensar mientras mi cuerpo respondía a sus caricias. Sabía que las recordaría durante mucho tiempo. Iba a ser algo con que soñaría, después de que tanto Peter como Paul me dejaran. Sólo un recuerdo más de unos tiempos de locura.

Y cuando me entregué por completo, me abrazó y me di cuenta de que estaba preparándose para volar por los aires y realizar un último cuádruple salto mortal conmigo. Sonreí al notar que empezaba, demasiado arrobada como para resistirme. De pronto me sentí como si hubiera quedado suspendida en el aire eternamente, y cuando nos disponíamos a aterrizar con elegancia, como siempre, Paul realizó un movimiento distinto, alterando la velocidad y la dirección. Antes de darme cuenta de lo que ocurría, rebotamos en la cama, nos dimos contra una silla y chocamos con una mesa, y mientras caíamos como un meteorito que se estrella contra la tierra, oí un estrépito y vi que tenía la cabeza en un ángulo espantoso. Cuando por fin aterrizamos en el suelo, me pregunté si Paul habría perdido la cabeza.

Intenté levantarme, pero él estaba encima de mí y no pude.

—¡Mierda! ¿Qué ha ocurrido? —Apenas era capaz de hablar y me pregunté si me había roto las costillas—. ¿Estás bien? —Era una pregunta inútil. Teníamos una silla encima y parecía que Paul estaba comiéndose mi camisón, por lo que no entendí su respuesta. Le quité el camisón de la cara y vi que la pata de la silla iba a dejarle un ojo morado.

—¿Qué has dicho?

—Te preguntaba si estabas bien.

—Todavía no lo sé. —Sonrió tímidamente y se incorporó, apoyándose en un hombro—. Creo que hice un mal gesto.

—Quizá fui yo —susurré, pues era impropio de él equivocarse—. ¿Quieres hielo?

En realidad, sentía pena por él, pues sospechaba que además de los cables, también se había visto afectado su ego. Desde luego, no estaba tan ágil como antes. Quizá se debiera al vodka. Estaba acostumbrado al whisky.

Fui a buscar hielo y una copa de coñac. Sabía que a veces le gustaba, y ya no quedaba Yquem. Bebió un sorbo y le puse el hielo con cuidado en el cuello y los hombros. Casi parecía humano.

—Steph... —susurró mirándome de un modo extraño mientras lo ayudaba a recostarse en las almohadas. Se mostraba tan dulce y vulnerable, que de pronto me asusté al pensar en lo que diría Peter si se rompía.

—Vaya manera de terminar, ¿no crees? —dije pensando que tal vez era una señal de que lo nuestro había acabado definitivamente.

—Tendremos que volver a intentarlo —sugirió mirándome con los ojos vidriosos por el coñac.

—No lo creo —repuse con tristeza.

—¿Por qué no? —insistió.

—Ya lo sabes.

—Por culpa de él. —Asentí, consciente de que no era necesario repetirlo. Ya se lo había dicho antes de que intentara matarme con su cuádruple salto mortal—. No lo merece.

—Creo que sí —aseguré sin la menor duda.

—Él no te merece —musitó con nostalgia.

—Y tú tampoco. —Sonreí y agregué—: Necesitas una clon como tú, con una espalda fuerte y un buen ordenador.

—¿Te he hecho daño, Steph?

—Estoy bien.

Mi vida iba a ser muy extraña sin él, y sólo con pensarlo ya me ponía nostálgica. Muy a mi pesar, sabía que le echaría de menos. ¿Qué otro hombre iba a ponerse licra roja y satén verde limón, sin mencionar el tanga de leopardo? Nunca más habría nadie como él, ni siquiera Peter.

—¿Por qué le amas?

—Simplemente porque siento que tiene que ser así.

—¿De veras? —Mientras me observaba, me tendió la copa de coñac. Bebí un trago que me quemó la garganta—. Yo también creo que tiene que ser así —convino en un susurro.

—No empieces —le advertí, y vi que el ojo estaba poniéndosele morado.

—Steph... tengo que confesarte algo.

—¿Y ahora qué pasa? —La verdad es que a esas alturas ya nada me sorprendía.

—No le llamé.

—¿A quién? ¿A Peter? ¿Se suponía que lo habías hecho? —Él tampoco me había llamado a mí. Seguro que estaba en los brazos de la hermana gemela de Helena en San Francisco.

—No, a Paul.

—¿Qué... Paul? —Me sentía exhausta y su confesión no me parecía muy interesante. Sin duda el coñac se le había subido a la cabeza.

—Sigue en el taller, desmontado.

—¿Quién? —Y súbitamente, mientras lo observaba, empecé a comprender lo que estaba diciendo. Era imposible. Él nunca me haría algo así—. ¿Qué estás insinuando?

—Ya lo sabes... No soy él... Soy yo... —Hablaba como un niño pequeño.

—¿Peter? —pregunté con voz ronca, como si le viera por primera vez, y entendí por qué había fallado el cuádruple salto mortal. No era Paul el que estaba en la cama conmigo, sino Peter. Me quedé atónita—. ¡Peter! No es posible... ¿Por qué ibas a hacerlo? —Me aparté para mirarlo, pero me resultaba imposible distinguirlos, salvo por las heridas.

—Esta vez, cuando volví, creí que estabas enamorada de Paul y quise asegurarme. Te eché tanto de menos cuando estaba en California... No podía pensar en otra cosa y después, al volver, parecías tan triste que pensé que estabas enamorada de él y no querías verme.

—Creía que no me amabas. —Seguía horrorizada y algo enojada, pero aun así sentí lástima por él—. Estabas tan frío y distante...

—Te necesito, pero creí que querías estar con Paul. Creí que le amabas a él.

—Eso pensé un par de veces —admití sonriendo—, pero al final aclaré mis ideas. Él no es real... y tú sí. Eres mucho mejor que él. —No pude evitar inclinarme y besarle. Él gimió al notar el contacto de mis labios, pero me besó y, en ese momento, supe la respuesta a todas mis preguntas.

—No puedo hacer el cuádruple salto mortal —se lamentó Peter—, ni beber como él. No sé cómo lo programaron. Mañana tendré una resaca espantosa.

—Te la mereces —dije acurrucándome a su lado y tapándonos con la manta. Peter estaba tiritando.

—Hay muchas cosas que no puedo hacer como él —añadió Peter.

—La mayoría las haces mucho mejor. Soy demasiado vieja para esos números de acrobacia.

—Y yo soy demasiado viejo para perderte, Steph. Te amo. No quiero perder lo que tenemos.

Eso era precisamente lo que siempre había querido oír de Roger mil años antes. Pero de pronto sabía que era a Peter al que había estado esperando toda mi vida, aunque estuviera un poco loco.

—¿Y ahora dónde está Paul? —pregunté. Me costaba creer que esa noche no hubiera estado conmigo: la ropa, todo lo que había dicho, la iguana... Desde luego, Peter había estado muy convincente.

—En el taller, y se quedará allí... sin cabeza. Después de las Navidades, vendrás conmigo a California. A partir de ahora, cada vez que me vaya de viaje, contrataremos una canguro para que se quede con los niños y me acompañarás.

Me abrazó y yo me apreté contra él, sin apenas dar crédito a sus palabras. Debía de ser un sueño. Todo lo ocurrido antes había sido una pesadilla.

—¿Por qué no se nos ocurrió desde el principio?

—Bueno, pensé que te divertirías más con él y que no querrías dejar a los niños, así que lo activé para ti. Creí que te gustaría.

—Así fue, pero de pronto todo se descontroló. Prefiero conseguir una canguro y acompañarte.

—¿A los niños no les importará si te marchas?

—Ya son lo bastante mayores para arreglárselas sin mí de vez en cuando —respondí, y me acordé de algo que había estado preocupándome. Miré a Peter y pregunté—: ¿Y la iguana?

—Considérala un último regalo de Paul.

—¿Es necesario?

No era la mejor noticia de la noche, pero no deseaba herirlo ni romperle el corazón a Sam. Sin embargo, tampoco quería ver a esa bestia en el desayuno, con la mirada fija en mi café. Quizá podríamos comprarle una jaula, o alquilarle un apartamento.

—Acabarás queriéndola —aseguró Peter y, tras apagar la vela, me estrechó entre sus brazos mientras nos acurrucábamos bajo las mantas.

—La última vez que dijiste eso sumiste mi vida en un caos... llamado Paul.

—A partir de ahora yo mismo sumiré tu vida en un caos. Supongo que debería guardar los pantalones de lamé dorado de recuerdo —añadió suavemente, y se durmió mientras yo le miraba y me preguntaba cómo había podido suceder todo eso. Sabía que nunca lo entendería del todo. No podía evitar preguntarme si lo ocurrido era fruto de mi imaginación. Me costaba creer que hubiera sucedido de verdad.

—Te amo, Steph. Y ahora estoy aquí —murmuró, mientras se dormía entre mis brazos y yo me dormía a su lado. Era verdad, estaba allí conmigo. Y ahora yo le pertenecía. Al final todo parecía tan sencillo... Mientras me dormía pensé en Paul y supe que, pese a todo, no lo echaría de menos. Se había acabado. Ya no lo necesitábamos. Nos teníamos el uno al otro, para siempre. A partir de ese momento sólo estábamos nosotros dos, sin el clon. Sólo Peter y yo.